물끄러미

물끄러미

이원의 11월

ㄴㄴ > < ㄷㄴ

차례

작

가

의

말

투명하게 펼쳐주셨으면. 오로지 투명하게 펼쳐주셨으면 하고 바라요.

읽는 하루하루 따뜻하셨으면. 따뜻해지셨으면. 털실 한 뭉치처럼. 감싼 새 한 마리처럼. 은은한 등불처럼. 문득 페이지를 눌러놓는 돌처럼.

좋아하는 필기구로 써보셨으면. 사각사각 연필로, 색색의 수성펜으로, 살짝 번지는 만년필로 써보셨으면. '쓴다'는 생각에 몸 만들어주는 일. 추상이 구상으로 바뀌면 현실이 되니까. 현실은 힘이니까. 추상을 구상으로 바꿀 때까지 그 시간을 산 것이니까. 글은 힘이 세지요. 그러니까 제가 보낸 질문에 대답도 써주셨으면. 제가 쓴 사전을 이어 써주셨으면. 어딘가에 밑줄도 그어진다면.

　같이 만들어가는 11월이었으면.

　혼자 훌쩍 여행 떠나자고, 귀여운 것 예쁜 것 아름다운 것 보러 다니자고, 그를 위한 또 나를 위한 선물 사러 가자고, 세상 밖과 세상 안을 동시에 궁금해하는 산양들의 울타리처럼 기쁨과 슬픔 사이를 오가자고, 편지 들고 우체국 가자고, 마음에 드는 버섯 모양 종 모양 스탠드 보러 가자고, 반려 돌도 데려오자고, 밤과 꿈 사이에서는 시집을 사근사근 읽자고, 거긴 나무 울타리 같은 곳이라고, 나와 당신들 그러니까 우리라고 부를 수 있는 곳이라고, 서로의 응원자가 되자고, 그렇게 청하고 있는 거예요. 11월을 그렇게 통과해보자고 청하고 있는 거예요.

　그러면 다시 간결해지는, 다시 열망을 품을 수 있는, 다시 사랑을 믿을 수 있는, 다시 불을 일으키는 성냥을 갖게 된다고 말하고 있는 거예요.

늦가을 햇빛, 낙엽, 어둠, 초겨울 불빛, 물빛, 적멸. 얼핏 서늘하고 스산하다 느낄 수 있지만, 11월에는 아름다움을 만들 수 있어요. 11월에 있는 것들은 기도서에 있는 것들과 닮았거든요. 그러니까 11월은 기도서 한 권을 읽는 시간이에요. 11월을 하루하루 열어가다보면 기도하는 법을 배우게 돼요. '안다'에 멈추면 제자리, 배우는 이유는 변화하기 위해서죠. 기도가 시인 것은 나를 변화시키기 때문일 거예요. 나는 모르는 아름다움에 닿게 돼요.

기도서는 열렬한 응원가니까, 응원 말고는 없는 11월이니까,

읽고서 깨끗해지셨으면. 노랑뿐인 은행잎처럼. 첫눈처럼. 첫얼음처럼. 바람의 작은 알들처럼. 자꾸 뒤로 물러나주는 하늘처럼. 고요한 손과 발처럼.

우리가 11월에 있었다.
같이 있었다.

만 남아요. 좋아요.

11

월

1

일

시

프로필

모서리에 닿는 순간에 둥근 곳이 만져진다고 적어본다.
절벽도 둥근 모서리를 품고 있다고 적어본다. 발끝으로
선 무용수가 양팔을 둥글게 머리 위에서 맞잡을 때 날개
뼈가 선명하다고도 적어본다. 불은 환하게 밝힐 수도 모
든 것을 태울 수 있다고도 적어본다. 네 얼굴을 쓱 쓰다듬
을 때 나는 델 수도 빛이 묻어나는 손일 수도 있다. 네 얼
굴에는 타버린 손자국이 남을 수도 남은 손자국은 기러기
를 닮았을 수도 있다고 적어본다. 무용수의 포즈를 따라
하다 손끝을 잡았는데 올이 풀려나가기 시작했다고도 적
어본다. 그래서 이 동작을 지금까지 멈추지 못하고 있다
고도 적어본다.

11

월

2

일

에세이

11월에는

아침 아홉시에서 열시 사이 한적한 곳을 산책하기를 좋아한다. 햇볕이 따뜻해지기 시작하고 나뭇잎 색이 선명해지는 시간. 아직 초록인 것과 이미 단풍인 잎들이 자연스럽게 섞인 나무를 보는 것을 좋아한다. 휴대폰을 들어 나무와 하늘을 비스듬하게 찍는 것을 좋아한다. 마치 나무와 하늘이 비탈에서 나란히 달리는 것처럼 보이게 말이다. 이때에도 하늘은 높고 파랗고 나무는 간결하고 이 둘 사이에서 공기는 알맞게 차다.

한낮에 종교적 장소에 들어가기를 좋아한다. 가만히 손잡이를 당기거나 문을 밀면 나타나는 공간. 바깥보다 포근하지만 서늘함이 깃들어 있는 곳. 그곳이 성당이든 절이든 교회든 텅 빈 한편에 앉아 있는다. 시간이 얼마나 흘렀을까,

어느 순간 나를 찾아다니던 내가 멈추고 나를 분석하려던 나도 멈추고 그냥 나는 존재한다. 그렇게 한동안 앉아 있다 보면 눈을 감게도 되고 오른손과 왼손을 맞잡게도 되고 내게 하는 말이 떠오르기도 하고 너머의 목소리가 들려오기도 한다. 침묵이 열리는 이 기척이 좋다.

오후에는 골목을 걸어다니기를 좋아한다. 나무에서 잠시 떨어져나온 단풍잎처럼 가벼운 걸음걸이가 된다. 작은 가게에 들어가기를 좋아한다. 귀엽고 예쁜 것들을 골똘히 보면 나도 닮아가는 것 같아 좋다. 가게의 문을 열고 닫을 때마다 매달려 있지도 않은 작은 종소리가 들려오는 기분이다. 얇은 종이에 둘둘 만 자그마한 것을 주고받는 사이에서 전해지는 느낌이 좋다. 작은 가게를 나오면 수선집 간판이 보이는 골목은 여전히 위트 있는 곳. 더 가봐야 할 고소한 가게가 있다고 골목은 앞으로도 뒤로도 이어진다.

저물녘에는 동네 빵집에 간다. 정확하게는 동네 빵집 창 앞에 간다. 창에는 손 글씨로 한 달의 일정이 적힌 달력이 붙어 있다. 환한 생각에 잠기는 미어캣처럼 두 발을 나란히 모으고 달력을 들여다본다. 그달의 쉬는 날이 적힌 손 글씨 달력을 들여다보고 있으면 마음이 충전된다. 손 글씨 달력이 붙은 빵집이 집으로 가는 골목에 있음이 소중하다. 더러는 불 꺼진 빵집이 되고 나서, 혹은 문을 열지 않은 날 그곳에 도착한다고 해도, 나는 미어캣처럼 창에 붙은 손 글씨 달력을 바라볼 수 있고, 빵은 내일 다시 오면 된다. 따뜻한 빵을 살 수 있다.

저녁 일곱시나 여덟시쯤 방에서 창밖을 보는 것을 좋아한다. 11월 어둠은 차다. 복잡하지 않다. 부드럽게 깊다. 11월은 어둠이 진해지는 시간이어서 창밖에는 아무것도 보이지 않는다. 방의 조도를 최대한 낮추고 어둠과 마주한다. 내가 있는 곳이 밝으면 밖은 상대적으로 더 어둡다. 더 안 보인다. 조도를 낮추면 어둠과 나는 닮은꼴이 된다.

문득문득 죽은 사람들이 온다. 죽은 사람들이 말 건다라는 느낌이 더 맞으리라. 11월은 죽은 사람들과 대화하기 좋은 시간이다. 그들은 살았을 때 얼굴을 가지고 오지 않고 나도 그 얼굴을 기대하지 않는다. 내가 보낸 시간을 조금 다른 방식으로 겪은 얼굴로 온다. 자연스럽게 온다. 나는 그들이 다시 갈 때를 모른다. 그들은 가지 않고 같이 있다. 내 몸을 뒤척일 때 그것을 알아차리게 된다.

잠들기 전에는 시집을 읽는다. 다른 계절에는 새벽에 시집을 읽는다. 그런데 11월에는 밤에 읽는다. 최소한의 빛이 있는 방안에서. 죽은 사람들과 안부를 나눈 후에. 11월 밤에 시집을 읽으면 시에서 흘러나오는 그림자를 보기도 하고 맨 마지막에 남은 시의 알맹이를 보기도 한다. 시의 알맹이는 돌을 닮았다. 다름이 없어 셈법도 필요 없는 돌. 손에 쥐면 대화가 시작되는 돌. 다른 계절에는 시집을 열어놓기도 하지만 11월에는 시집을 꼭 닫는다. 시가 춥지 않았으면 좋겠어.

11월에 듣는 캐럴이 좋다. 11의 나란함으로, 닮음과 다름으로. 아직은 둘처럼. 둘이 다다르는 언덕처럼. 12월에 듣는 캐럴이 온통 빛이라면 11월에 듣는 캐럴은 막 나타난 빛이다. 겨울에 움을 틔우는 씨앗이라고 할까. 가능성은 기적을 품고 있고 기대는 두려움을 이긴다. 늦가을과 초겨울 사이 11월은 한 계절의 문이 닫히고 또 한 계절이 문이 열리는 시간. 그리고 이제 곧 한겨울이 올 거라고 알려주는 달. 어느 달이 되었든 11월 초부터 들었던 캐럴을 생각하면 눈썰매를 타는 모험 속 어린아이로 되돌아간다. 세상은 차곰차곰하지, 캐럴은 들려오지, 처음부터 끝까지 설렌다니까.

11

월

3

일

질문지

나는 11월을 사랑해

올해를 어떤 단어에서 시작했어?

지금은 어떤 단어와 같이 있어?

11월을 맞이한 지금의 기분을 사물로 표현한다면? 이유는?

자신을 둘러싸고 있는 단어들을 써보고, 그 단어들에 자신만의 뜻을 적어봐줄래?

나를 지탱시켜주는 것들의 목록은?

11월에 꼭 가보고 싶은 장소는 어디야?

11월 안에 꼭 만나고 싶은 존재는?

누구를, 무엇을 위해 기도하고 있어?

제일 소중하게 생각하는 감정은?

11월은 이 단어로 마감하고 싶다?

11월에 해주고 싶은 셀프 선물은?

너를 가장 행복하게 만드는 것은 뭐야?

너를 가장 고통스럽게 만드는 것은 뭐야?

중력으로 간직하고 있는 문장이 있어?

11월에 읽을 책의 제목은 뭐야? 없다면 골라볼래?

지금 가장 열렬하게 응원하는 대상은?

11월을 어떻게 통과하고 싶어?

지금 스스로에게 해주고 싶은 말은?

어려움 속에 있는 친구에게 해주고 싶은 말은?

올해 어떤 열매를 수확했어?

11월 30일에는 어떤 자신과 만났으면 좋겠어?

언제 시적인 순간이라고 느껴?

11월 중에 특히 시적인 날이 되었으면 하는 날에 빨간 점을 찍어줄래?

(11월 하고도 3일. 세번째 건반에서 질문지를 써보고 싶었어. 당신들을 향한 질문을 써보고 싶었어. 내가 나에게 궁금한 것, 그래서 당신들의 대답도 궁금한 것. 나한테 묻는 것이기도 하니까 친구처럼 반말로 쓰고 싶어. 쓰니까 내 대답부터 써졌는데 그러니까 조금은 덜 외롭고 그러니까 조금은 덜 막막한 기분이 들어. 올해도 마냥 생각에만 붙들려 있던 것은 아니었구나, 두 발을 딛고 있는 실감이 나. 글은 힘이 생기게 하잖아.

나는 11월을 사랑해. 열두 달 중에 제일 깨끗한 느낌이 들어.)

11

월

4

일

에세이

대화에 대하여

    내가 제일 어려워하는 것은 말이다. 목소리로 말을 만드는 것을 어려워하고 목소리로 만든 말을 듣는 것도 어려워한다. 대신 목소리 없는 말을 선호한다. 전화보다는 문자메시지가 좋다. 그래서 동생에게 '그런 건 전화로 해야지. 오해가 생길 수 있다' 하는 주의를 자주 듣는다. 이렇게 말이 불편하고 어려우니 통화를 하게 되면 상대방의 목소리에 고도로 집중한다. 상대방의 말이 끝나고 내가 말할 타이밍에도 집중한다. 이 리듬 맞추기가 자연스럽게 안 되니 번번이 발에 걸리는 줄넘기가 된다. 직접 만나면 이번에는 전면전이다. 얼굴이 나타난다. 표정과 함께 오는 말은 물질적이다. 친한 사이여도 말과 말 사이 침묵을 어려워한다. 그래서 말을 만들고 싶지 않은데도 여러 말을 더 하게 되고, 그날은 어김없이 낭패감에 휩싸인다.

아이러니하게도 말을 많이 하는 일을 하고 있어서 수업에서도 엄청난 긴장을 한다. 내 말이 어떻게 나올 것인가, 내가 나를 믿지 못하는 불안이 있다. 글로 쓴 문장으로는 대화에 성공했다고 느낀 적이 있지만 말로는 늘 실패한다고 느낀다. 나는 목소리로 만드는 말에서 뭘 놓치고 있는 걸까, 말에게 뭘 기대하는 걸까, 진입 장벽을 너무 높게 설정하고 있는 걸까. 여러 뒤척임이 계속되다보면, 인간은 어쩌다 말을 가장 강력하고 정확한 소통이라고 여기게 되었을까라는 생각에 이른다. 몸짓이나 표정이 더 정확할 수도 있는데, 말은 오히려 가릴 수 있는데, 이런 항변이 따라온다.

말에 대해 예민함과 억압을 느끼는 것은 말 자체가 아니라 대화를 중요하게 생각하기 때문일 거다. 사람, 소통, 관계에 대한 기대치가 높아서일 거다. 자주 대화에 대해 생각하고, 말이 안 통한다고 느낄 때 너무 힘들다. 고독하고 절망스럽다. 그걸 잘 못 견딘다. '그럴 수도 있지'가 잘 안 된다. 친구를 만나고 돌아올 때도 수업을 마치고 나서도 엄마와 마주할 때도 대화가 세상에서 제일 어려운 것 같다고 생각한다. 어떤 게 대화일까, 어떻게 했을 때 대화인 걸까, 이런 질문이 늘 남는다. 내 말만 쭉 한 것도 대화는 아닐 것이고 상대의 이야기만 쭉 들은 것도 대화는 아닐 거다. 양의 문제도 아니다. 겉으로는 대화했는데 속은 다른 방향을 가리키기도 하니, 겉과 속의 일치라는 이상적인 상태가 진짜 대화라고 생각하는 것은 너무 순진한 생각인 걸까. 자기 얼굴은 자기만 모르듯이, 어쩌면 나도 점점 나만의 생각에 갇혀, 귀는 닫히고 입만 열리는 것은 아닐까 두렵다. 틈이 있는 말이 좋다. 실없는 대화를 한 날 기분이 좋다. 너와 나 사이에 사라지지 말아야 할 것은 유머.

대화는 바둑돌 놓기 같은 것은 아닐까. 꺼내고 싶은 돌 하나씩 꺼내기. 그가 꺼낸 돌도 골똘하게 바라보기(이때의 시선은 점자를 닮았을 거다). 그가 바둑돌을 하나 놓으면 그 바둑돌에 따라 나도 내 바둑돌을 하나 놓고, 그래서 나중에 보면 지도가 하나 그려진 풍경. 지도보다는 공동의 뜰이 하나 만들어진 것. 바둑의 수는 치밀한 계산 같지만 놀이가 우선이고. 대화의 셈법이 이기기는 당연히 아니니까, 내 생각 비우기부터. 그래야 그의 말이 들리니까. 솔직에도 자의식이 있지만 가급적 위장하지 않은 채로 말하기. 나보다는 그가

되어. 바둑돌 놓기. 대화는 대국이다. 다름이 나타나는 것
도, 다름을 다름으로 보는 것도 대화다.

　모든 것을 소란스럽지 않게 잠재우는 환함과 어둠을 갖
고 있는 11월, 사려 깊은 이 시간이 오면 나는 저절로 나와
먼저 대화를 하게 된다. 대화란 무엇인가 물음표가 많아진
다. 올해의 대화들도 떠오른다. 대화를 고치기 좋은 시간이
왔구나, 다시 대화를 배워야지, 손가락을 폈다 구부렸다 한
다. 그리고 이때에도 변하지 않는 마음은, 다만 더 듣는 귀
여야 했다는 것. 말과 말 사이 침묵을 더 놓고 싶었다는 것.

11
월
5
일

시

우정의 방식

가을이 되자 친구들은 뿔뿔이 흩어졌습니다

친구들이 새떼처럼 느껴진 것은 처음입니다

허공과 겹친 순간이 있었던 것일까요

검은 몸 검은 날개 사이로 보인 것은 아직도 어린 부리입
니다

짐짓 미소를 잃지 않았지만

꼭 붙인 입술이 파르르 떨리는 것을 보았습니다

혼자가 혼자를 들며 날아오르는구나

몸은 몸을 들어올리느라 중력을 잃어버리느라

까매지는구나 숨소리 하나 들리지 않는 적막이구나

겁나는 부리까지 감출 수 없었다는 것이
거기에 눈길이 닿았다는 것이 나의 애간장이었습니다만

어디에서 신호가 온 것일까요
친구들은 동시에 흩어졌습니다
나는 친구들이 사라진 자리에 남아 있게 되었습니다
나는 내가 혼자 남아 있을 이유를 알지 못했는데요

뿌리째 파올려진 나무처럼
나도 모르게 낯선 곳으로 실려 온 나무처럼
산발이었음을 비로소 알게 된 잎처럼

그런 심정이었다고나 할까요
잎들이 내는 소리를 고스란히 듣는 귀였다고 할까요
듣는 귀가 아니라 소리를 내는 귀였다고나 할까요

꼼짝할 수 없었습니다

부서지면 어떡합니까

떨어지면 어떡합니까

소리들 아니 심정 아니 아니
그러니까 나뭇잎들 말이에요

떠난 자리는 동그랗고
남은 자리도 동그랗고
나는

친구들을 찾을 수만 있다면

귀로부터 달아나는 것처럼
고개를 들어 하늘을 보았는데

검은 새떼는 보이지 않고

보이지 않는 곳으로부터
내가 멈추어 있는 여기까지
파도 소리가 들려왔어요

파도는 밀고 밀며

물은 놔두고 왔어요

보이지 않는 파도 소리가 들려와서 나는

새들이 저기쯤에

친구들을 찾을 수 있다면

팔을 들어 그 곁으로 날아가는 시늉을 하게 되었는데요

수영하는 동작처럼 보였던 것일까요

지나가던 한 사람이 코를 막는 시늉을 해 보였습니다

11

월

6

일

에세이

물끄러미

『밤이 선생이다』를 쓰신 황현산 선생님은 밤을 깊이 아셨던 분이었다. 선생님은 6년 전 8월 8일에 돌아가셔서 난 선생님이 무한대로 복귀하셨다고 믿고 있다. 선생님과 같이 있으면 선생님이 무슨 생각을 하는지 어디를 보고 있는지 알 수 없었다. 선생님에게 제일 잘 어울리는 단어는 '물끄러미'였다. 선생님은 걸을 때도 물끄러미, 누군가 말을 할 때도 물끄러미, 당신의 생각을 이야기할 때도 물끄러미의 자세였다. 그래서 선생님이 걷는 발소리를 들어본 적이 없고, 세상과 글에 대해 그 누구보다 열정적이었는데도 온도를 밖으로 올리는 순간을 본 적이 없다.

선생님과 시인들이 모인 식사 자리가 있었다. 2차로 간 맥줏집에는 기다란 테이블이 있었다. 테이블과 다른 테이블 사이는 한 사람이 겨우 오갈 만큼 좁았다. 죄송하지만 앞으로 의자 조금만 당겨주실 수 있을까요?라고 말했는데 뒤에 오시던 선생님이 죄송할 것까지는 아니다 툭 말씀하셨다. 그때 내 속에서 덜컥 무엇이 내려앉았다. 그 당시의 나는 죄송하다는 말을 안 좋아하는데 바깥으로는 죄송하다는 말을 자주 쓰는 상태였다. 그 단어를 다르게 사용하는 방법을 찾고 있었지만 못 찾은 상태였다. 그날 이후 나는 신기하게도 죄송하다는 말을 딱 쓰지 않게 되었다. 수업에서도 죄송하다라는 말을 대체할 단어를 반별로 만들어 쓰기도 했다. 예를 들면 파인애플해요, 고슴도치하지만 등등처럼 말이다. "대학을 졸업하고 사회에 나와서 죄송하다는 말을 못하는 사람이 되면 어떡하냐" "사회에 나가면 그 말을 쓸 일이 얼마나 많겠어. 쓰지 말래도 저절로 쓰게 되겠지. 상황보다 과도한 단어를 벌써부터 쓰지 않아도 되지 않을까, 또 사람과 사람 사이에 죄송하다는 표현을 쓸 일이 그렇게 많겠어", 측근과 이런 대화를 주고받기도 했다. 시인이라서, 사회적 용어를 안 좋아해서, 예민한 성향이어서 그렇기도 하지만 죄송하다라는 말에는 시소가 지나치게 한쪽으로 내려가서, 말하는 쪽이 지나치게 작아지는 느낌을 지울 수가 없다.

　또 한번은 그때도 역시 선생님과 한참 후배인 시인들이 만난 자리였다. 어느 순간 선생님이 나를 보시더니 "이원은 별걸 다 신경써"라고 툭 말씀하시는 거다. 그때 또 내 속에서 위태롭게 쌓아두었던 물건이 떨어지는 느낌이었다. 나는 별걸 다 신경쓰기 때문에 늘 신경이 과부하인 사람이다. 별걸 다 신경쓰기 때문에 계속되는 긴장 상태에 놓이고 에너지가 빠르게 고갈되는데 사람들은 그걸 잘 모른다. 별걸 다 신경쓰는 분주함이 나의 허약함에서 오는 것은 아닐까 하는 뒤척임이 많았는데, 선생님이 그 말을 하는 순간 신기하게도 정말 괜찮아졌다. 마음이 차분해졌다. '이원은 별걸 다 신경써'라는 말은 어느 쪽으로도 기울지 않는 말이었다. '별걸 다 신경쓰니 그만 써'라는 쪽도 아니었고 '별걸 다 신경쓰다니 대단해'도 아니었다. 그냥 '별걸 다 신경쓰는 사람이 너야'라는 이상한 마주침, 알아차림이 되었다. 선생님에게서 그 말을 들은 다음부터 혼자 분주한 나를 발견할 때 '내가 또 별걸 다 신경쓰네' 하면 별걸 다 신경쓰면서도 마음이 차분해졌다. "시인은 보통 사람보다 근심이 많은 성격"(「풀베개」)이라는 나쓰메 소세키의 문장을 나중에 읽고 나서, 선생님의 그 말이 내게 위로가 된 이유를 알았다.

어둠이 서두르지 않고 깊어가는 11월이 오면 선생님이 밤 속에서 문득문득 나타나신다. 소리는 하나도 없이 나타나신다. 나는 그때마다 새로운 검정을 만난다. 선생님은 여전히 물끄러미, 11월의 어둠도 물끄러미다. 물끄러미, 다른 존재는 못 보는 걸 본다. 못 닿은 것에 닿는다. 물끄러미는 놓치지 않지만 억압하지 않는 시선이다. 간섭하지 않지만 거두지 않는 시선이다. 물끄러미는 고도의 집중력, 고도의 관심이다. 열기도 냉기도 아닌 자연스러움이다. 무심한 듯 보이지만, 중력이 모두 내부에 있어 겉으로는 안 드러나는 상태, 그러니까 식지 않는 명랑의 상태다. 선생님은 타인을 위해 가져야 하는 덕목이 명랑이라고 쓰셨다. 어둠이 길러내는 빛은 어둠. 검정으로 검정 열기, 밤으로 밤 열기. 역시 밤의 선생이었다. 황현산은.

11
월
7
일

시

백년도 더 된 아주 작은 동그라미 때문에

어제 간 곳에 오늘 또 가야 한다

유리 진열장은 세 칸이었다
몸 하나가 겨우 지나갈 틈으로 돌아가면
맞은편에는 또다른 것이 있었다
같은 진열장이라고 믿기지 않았다

한참 동안 무릎을 접고 있다가 맞은편의 눈과 마주쳤다

여기요
저 은색 좀 보고 싶어요
백년도 더 된 그것 맞지요?

반대편의 그것은 쉽게 내 손에 놓였다

여기 은색 속 이 작은 은색 동그라미 지워질까요?
세정제로 닦으면 지워질까요?
무엇으로 닦으면 지워질까요?

안 지워져요

아 선물할 거라서요

이게 마지막이에요

이미 펴고 있던 무릎 뒤에 힘을 주고

아 알겠어요
돌아나오는데

당신이 좋아하는 색을 떨어뜨리면
그 백년도 넘은 작은 동그라미는 가려질 텐데

작은 동그라미는 콩알처럼 다시 뛰기 시작할 텐데

유리 진열장 안에
모래시계 만년필 연필
가죽 필통

중간중간 크리스마스카드와

검은 사과 있었다
투명한 사과 있었다
초록 사과 있었다
들어찬 것들은 모두 빛이라고 부를 수 있었다

그리고
맨 위 칸에 새가 있었다

아주 작은 빛을
아래로 아래로

알처럼 떨어뜨리고 있었다

11

월

8

일

인터뷰

시 창작반 아이들과 1

나는 예술대학에서 시 창작 수업을 하고 있다. 개인적으로도 시에 대해, 문학에 대해 가장 많은 대화를 하는 신기하고 소중한 시간이다. 내가 만나고 있는 3학년 아이들에게 시인 이원에게 묻고 싶은 질문이 있으면 써달라고 했다. 시 선생 말고 시인 이원에게 묻고 싶은 것이 무엇인지 궁금했고, 그들이 궁금해하는 질문에 대답을 적어보고 싶었다. 아이들은 글로 써줬고, 나도 글로 대답한다. 대답을 쓰기도 전에, 문학을 하겠다는 아이들의 골똘함에서 순정한 힘을 배운다.

시쓰기 속에서 '나'를 찾고 싶습니다. 고유의 감성, 철학 등을 희미하게나마 알고 있다고 생각했었는데요. 요즘 이상하게 저를 잘 모르겠습니다. 혹시 이럴 때 그저 독서를 하거나 계속 써야 하는지 궁금합니다.

시쓰기는 나를 찾아다니는 거라고 생각해요. "나는 나를 돌아다니기 위해 글을 쓴다"라는 앙리 미쇼의 문장을 좋아해요. 자신을 모른다는 의문이 들 때가 가장 열렬하게 자신과 가까워지고 있는 시기일지 몰라요. 계속 쓰고 읽으면 만나게 돼요. 깊은 곳의 내가 인사를 해와요.

시를 검처럼 쓰고 싶기도 하고 비눗방울처럼 불고 싶기도 해요. 선생님은 주로 어떤 방식을 즐기시나요?

검이 비눗방울이 될 때까지, 비장한 그러나 놀이.

좋아하는 단어와 그 이유.

천진. 유머. 나에게서나 너에게서나 세상에서나 이게 안 느껴지면 못 견뎌요.

요새는 무언가를 내주는 행위에 대해 생각할 때가 많아요. 내준다는 것은 넣어두었던 물건을 꺼내 남에게 건네준다는 것. 내 서랍 안에는 무엇이 있고 무엇이 없을까. 무엇을 내줄 때 기뻤었는지, 그런 것들을 생각했어요. 어떤 것들은 너무 깊

숙한 곳에 있어서 힘들여 꺼내야 했어요. "내어준다"라는 것에 대한 총체적인 인상이 궁금해요.

내어준다는 것은 내어준다는 생각이 미처 들기도 전에 주는 것. 내가 갖고 싶은 마음을 기꺼이 이기고 건너가는 것. 내어준다는 생각이 너무 커질 때, 복잡한 마음으로 갈 때는 내어주면 안 되는 것 같아요. 내어준다는 바라는 것이 없어야 안 다치는 세계예요.

사람 때문에 글에 실망하게 될 때 어떤 생각을 하시는지 궁금해요. 학교에 입학해서 본격적으로 읽고 쓰기 시작한 후부터 글은 삶과 그리고 사람과 뗄 수 없음을 날이 갈수록 깨닫게 돼요. 그래서 제게는 쓴 사람을 더는 사랑할 수 없게 되면서 잃게 된 글이 제법 있거든요. 마음을 가뿐하게 먹고 아무것도 아닌 문제다 할 수도 있는데 그게 저한테는 어렵더라고요. 선생님도 그런 순간들이 있는지, 그럴 때 어떤 마음인지 여쭤보고 싶어요.

글은 그 사람에게서 나오는 것이니까, 사람과 글을 완전하게 분리하는 것은 쉽지 않다고 생각해요. 글은 어떤 방식으로든 옳음에 대한 지향이 있어서 더 그런 것 같아요. 그렇지만 사람과 글을 일치시키기보다 분리할 필요가 있다고 생각하는 쪽이에요. 글은 쓴 사람도 침범할 수 없는 영역을 갖고 있으니까요. 다만 그 사람이 쓴 글이 사람과 분리할 수는 없는 결정적 문제가 있다면 그것은 정교하게 접근해볼 필요가 있죠. 나도 그런 경험이 있는데요. 사람에게 실망해서라기보다는 그가 그 글을 쓰기까지의 과정이 윤리적이지 않다고 생각되니까, 그 글에 대한 신뢰가 깨졌어요.

아침 루틴이 궁금합니다.

새벽형 인간이에요. 일어나면 벽에 기대 명상하고, 나가서 30분 걸어요. 들어와서 물이랑 땅콩이랑 다크초콜릿 챙겨서 책상 앞 의자에 앉아요. 책 몇 페이지 읽고 꽤 작은 스케치북에 드로잉하고 떠오르는 문장 몇 줄 써요. 스케줄 노트에 하루 일과를 적어요. 그리고 물 마시고 땅콩 먹고 초콜릿 먹고 쓰려는 글 기다려요. 엽서도 쓰고 메시지도 보내요. 글은 못 쓰는 날도 많은데 기다리는 시간은 빼먹지 않아요.

시가 안 써질 땐 어떻게 하세요?

새로운 것 보러 다녀요. 전시 보기. 모르는 동네 가는 버스타기. 내려서 골목 걷기. 힙한 동네도 가기.

선생님만의 시쓰기 루틴(글이 잘 안 써질 때)이 있는지 궁금
합니다.

위의 대답과 같아요. 설계를 미리 하지 않고 감각을 따라
가는, 조각가의 방식으로 시를 쓰는 편이어서, 헤맬 수 있는
공간을 넓게 확보하는 편이에요.

안전한 상태에서 벗어나야 성장할 수 있지만 안전한 상태를
버릴 수 없을 때, 혹은 버리기 무서울 때 어떻게 해야 하나요?

전체로 생각하기 때문에 시도조차 안 되는 것일 수 있어
요. 부분이라는 것을 알아차리는 것이 실마리일 수 있어요.
글이라고 하더라도 전체를 다 버리거나 벗어나는 건 가능
하지 않아요. 제일 작은 것부터 시도해보면 어떨까. 제일
안전하게 쓴다고 생각되는 단어를, 그것도 힘들면 조사를
바꿔본다든지. 한 발은 작지만, 한 발을 내밀면 전혀 다른
세계와 만난다는 것을 기억해요.

시와 완전히 떨어져 있는 일상에서 다시 시로 진입할 때, 높

게만 느껴지는 방지 턱을 어떻게 넘어가시는지 궁금해요.

둘 사이가 멀지 않은 것이 제일 바람직한 방향인데, 일상을 살다보면 그게 쉽지 않아요. 그래서 일상에서 시로 다시 진입할 때 나만의 징검다리가 있어야 해요. 나는 좋아하는 인접 예술을 징검다리 삼아 건너요. 그리고 진입이 특별한 행위가 되지 않게 매일 시적인 순간을 만나려고 집중해요.

저는 말보다 글이 좋아요. 말로 하면 급해지게 되고, 하고 싶었던 말을 다 하지 못하고 끝나버려요. 하지만 글은 천천히 내 생각을 들여다볼 수 있고, 상대에게도 잘 전달할 수 있고, 전달 전에 고쳐볼 수도 있어 좋습니다. 그래서인지 글쓰기를 영영 싫어할 일은 없을 것 같아요. 선생님은 개인적으로 글을 썼을 때 나아지는(좋아지는) 것이 무엇인지, 혹은 글을 고집하게 된 이유가 있으신지 궁금합니다.

나도 똑같은 이유로 글을 좋아해요. 말은 할수록 놓친다는 생각이 들어요. 글로는 만난다는 느낌을 가져요. 말보다 글을 믿는 편. 목소리 없는 글이 나를 자주 일으키고 길도 알려주고 힘도 주기 때문에 글이 있어야 해요.

"요즘은 책 말고 영화나 드라마로 이야기를 표현하는 수단이 미디어 쪽에서 확장되고 있는데, 영화 감상이 책 읽는 것만큼 교양과 지성을 쌓는 데 도움이 될까요? 여전히 최고의 성배인가요?"라는 질문에 영화평론가 이동진님이 "영화는 말하자면 술 같은 거라면 책은 물 같은 거다. 책은 우리를 좋은 의미에서 차갑게 만들어주고, 영화는 좋은 의미에서 우리를 뜨겁게 만든다. 그러나 이성은 기본적으로 차가운 것이다. 그러니까 교양에 관한 한 영화는 책을 영원히 따라가지 못할 것이다. 왜냐면 이성의 속성 자체가 물 쪽에 가까우니까"라고 대답하셨어요. 선생님은 시를 마실 것 중에 어떤 유형의 것이라고 생각하시나요?

이동진 평론가의 얘기를 이어가본다면, 물 중에서도 광천수 같아요. 에비앙 같은 거. 오래된 암반층에서 나오는 것. 책은 광부의 방식으로 써지기 때문에 읽는 사람도 겹겹의 암반을 탐사하는 기쁨을 갖게 돼요. 그중에서도 시는 아주 높고 아주 깊은 곳에서 솟아나는 물일 것 같아요. 차근하게 딛고 오르내리는 동선이 아니라 가로지르거나 끝없이 솟아오르거나 보이지 않는 곳까지 파고드니까요. 처음에는 물이구나 하는데, 마시다보면 아주 깊은 곳 아니고는 나올 수 없는 특유의 물맛이 느껴지는 것이 시라고 생각해요.

가장 사랑하는 사물은 무엇인가요? 동물 또는 사물이 될 수
있다면 어떤 것이 되고 싶은가요?

가장 사랑하는, 이런 거 어려워요. 사람과 비슷하게 사물
을 사랑해요. 당장 떠오르는 사물은 피규어 로봇. 무엇이
되고 싶지는 않아요.

어떻게 시를 읽고 무엇을 보고 느끼는지 궁금해요.

펼쳐보면서 두근거리는 시, 끌리는 시를 왔다갔다하면
서 읽어요. 기존에 없던 새로운 언어, 새로운 감각이라고
느껴지는 시에 매혹을 느껴요. 새 행성이 나타났구나, 두근
거려요.

나의 언어는 어떻게 가질 수 있는지요?(만들어가는 것인지,
원래 있던 것을 잘 다듬어가는 것인지) 언어는 내 안에 존재하는
것인지요? 외부 영향을 받지 않고(훼손되지 않고) 나만의 고유
언어를 지키는 방법을 알고 싶어요.

고유한 것은 없어지지 않아요. 외부 상황에 의해서도 내

고유한 것은 없어지지 않아요. 우선은 나만의 고유한 언어가 있다는 것을 믿어야 해요. 이것을 씨앗이라고 한다면 이 씨앗을 한 그루의 나무로 성장시키는 나만의 여러 시도가 나의 언어를 훼손하지 않고 지키는 방법이에요.

쉬는 날 무엇을 하시나요? 저는 원래 쉴 때 소설을 읽었는데요. 대학에 오고 나서부터 쉬는 날과 읽는 것을 완전히 분리하고 있습니다. 글을 읽는 건 쉰다는 느낌이 안 드는 것 같아요. 그래서인지 독서가 일처럼 느껴지는 요즘입니다.

글쓰는 전공을 해서 그래요. 자기 전공이 되면 놀이가 줄어드니까요. 나도 쉬는 날에는 독서보다는 놀이로 기울어지는 것을 해요. 반짝이는 거 보러 가요. 문구 덕후라 문구점, 편집숍, 이런 데. 그리고 영화 보러 가기.

시적인 모멘트는 언제인가요?
신선함과 만날 때.

요즘 사는 게 지루해요. 대부분의 인생은 이런 권태로움과도 잘 놀아야 하는데 저는 집중할 만한 일이 없을 때 충동적

이거나 감정적인 실수를 해요. 거의 글을 안 쓰고 있을 때 그래요. 지루함과 잘 지내기 위해서는 어떤 태도로 살아가야 할까요?

충동이 없다면 생물이 아니에요. 그러니까 먼저 충동이나 조절 안 되는 감정을 실수라는 서랍으로 구분하지 말아요. 그럴 수 있는 거라고 폭을 확장해요. 그와 별도로 지루함은 누구에게나 어려운 상태인데, 비슷함의 연속이라고느낄 때와 연관이 있어요. 안 해보던 무엇을 시도해봐요. 아주 사소한 것이라도요. 또 지루함은 시간을 효율적으로 써야 한다는 생각과도 연관되어 있어요. 물멍, 불멍 등의 시간을 갖고 느슨한 제어를 배우면 좋겠어요. 머릿속 태도보다는 현실적 시선으로 습관을 만들어요.

최근 선생님이 좋아하고 있는, 신경쓰고 있는 단어가 궁금해요. 평생 한 곡만 들을 수 있다면 어떤 노래를 선택하실지 궁금해요.

단어는 비인간. 우리. 미래를 열어볼 수 있어서. 평생 한 곡만. 고를 수 없어요.

시를 쓸 때 재미있어야 할까요?

재미의 종류가 다른 것 같아요. 쓰는 과정은 고통스러워요. 관념을 형상으로 바꿔야 하기 때문에. 그러나 어느 순간 시만이 주는 희열이 와요. 형상으로 만져질 때. 시는 물질을 만드는 것과 같아요. 그 재미는 있어야 해요.

질문과 답을 반복하고, 사건의 발생과 그에 대한 이해를 반복하는데요. 그럼에도 나아가거나 성장하고 있다는 확신이 들지 않는다면 어떻게 해야 할까요?

제자리걸음이라고 느껴지는 순간이 많을 수 있어요. 그러나 제자리걸음은 멈춤이 아니라 움직임이에요. 성장하거나 나아가고 있는 순간에는 그걸 몰라요. 그 시간이 지나야 알 수 있어요. 그러니까 중요한 것은 제자리걸음이라고 느껴져도 계속 움직임을 멈추지 않는 거예요. 반복하는 거예요. 뾰족한 수는 없고, 그러나 이 과정을 한번 겪으면 성장은 나도 모르는 사이에 일어남을 믿게 돼요.

SNS, 유튜브 등 영상과 휘발성이 넘쳐나는 시대에 시는 어떤 의미가 있을까요.

심장이 있는 한 시가 있죠. 의미 이전에 있을 수밖에 없는 것이죠. 새로운 도구는 점점 짧은 호흡을 갖고 있으니, 문학, 특히 그중에서도 어렵다고 여겨지는 시에 관심이 없어질 것이라고들 생각하죠. 그러나 저는 반대로 생각해요. 빠른 시선 안에서는 되레 중심이 잘 보이는 법이죠. 모든 것이 휘발돼도 휘발될 수 없는 맨 안쪽의 장면, 목소리. 시라고 부르는 것이죠.

우리가 쓰는 이유는 할말이 너무 많아 쓰지 않고서는 감당하지 못하기 때문일 것이라고 늘 생각하고 있어요. 말하지 않으면 입안에 가시가 돋냐는 말처럼 정말 쓰지 않으면 속에 가시가 돋으니까 쓸 수밖에 없더라고요. 문득 궁금한 것은, 선생님은 어쩌다가 말하고자 하셨나요? '문창과 아니고 연극과 같은 애'라고 불리던 어린 이원이 쓰는 삶을 살겠다고 생각했던 계기가 궁금합니다.

쓰는 것만이 주는 경험을 했기 때문이에요. 내가 쓴 시가 오랫동안 가지고 있던 상처를 치유해줬는데, 그 치유의 방식이 아주 달랐어요. 위로가 포함되어 있기는 했는데, 담담하게 그 사실을 마주하게 해줬어요. 처음 대면이라는 것을 할 수 있었어요. 견딜 수 없을 거라고 생각했는데 오히려 대면하니 진정이 됐어요. 그날 시의 힘을 믿게 되었고. 그 믿음이 아직도 깨지지 않았어요.

매일 또는 일상의 우울에서 벗어나는 비결이 있나요

나름의 리추얼을 지키려고 애써요. 책 기도서처럼 읽기. 일정 시간 걷기. 좋아하는 것 마음껏 생각하는 한 시간 갖기. 이렇게 해도 일상의 우울에서 완전히 벗어나지지 않고, 다음날은 또 같은 무게가 나타나 있지만, 그렇기 때문에라도 매일 이 반복을 해요. 적어도 완전히 잠식당하지는 않게 되거든요.

우리가 시를 쓴다고 해서 시만을 보고 느끼지는 않을 거라고 생각합니다. 저는 요즘 백현진이라는 아티스트에게 빠져 있는데요. 그 사람의 음악, 연기, 전시를 보면서 지금의 감각을 시로 옮기고 싶다는 생각이 들었습니다. 선생님에게 시 외적인 삶이 있다면 어떤 것이 있고, 그게 어떠한 방식으로 다시 또 시 내적인 삶으로 방향성이 생성되나요?

나의 경우는 시각예술이 그래요. 여러 미술, 사진에서 영

향을 울림을 받았어요. 내게 예술적 에너지를 줘요. 좋아하
는 세계를 걸어보고, 그 세계 속에 나도 풍경이 되어보기도
하다보면 내 시의 풍경으로도 들어와요.

선생님의 패션 정보가 궁금합니다. 항상 선생님의 스타일이
트렌디하고 감각적이라고 생각했는데, 패션 정보를 주로 어디
서 보시는지 쇼핑을 어떻게 하시는지 궁금해요.

옷을 엄청 좋아해요. 옷 만드는 사람 되고 싶다는 생각
도 자주 했어요. 실행에 옮기지는 못했지만, 학원에 등록
하는 결심을 하고는 해요. 특정한 곳에서 정보를 얻기보다
는 여기저기 다 봐요. 관심이 많으니까. 옷도 여기저기서
사는데, 트렌디함이 있는 옷은 사고 안 사고를 떠나 그냥
좋아요.

시도 세상도 사람도 변화한다는 걸 방학 동안 느꼈습니다.
그런데 사람들은 무언가(사람, 현상, 자연 무엇이든지요)가 고
정되어 있기를 바라는 것 같아요. 이 이질감 때문에 꽤 괴로운
시간이 있었습니다. 선생님이 살아가는 작은 영역을 좀더 활
발하게 움직이게 하는, 그러니까(내 시선이 아닌 타인의) 시선

에 운동성을 느끼는 구체적인 순간이 있으신가요?

인간은 중력이 있어 고정에 대한 갈망이 있어요. 그러면
서 또 벗어나길 바라기도 해요. 그 둘 사이를 오가요. 난 고
정된 걸 못 견디는 편이에요. 순간성에서 나의 영역도 영향
을 받아요. 모험심을 갖게 돼요. 콘서트, 연극 등 라이브로
펼쳐지는 무대에서 그런 걸 느껴요.

시는 언제 오나요?

초과할 때. 그 안이 무엇이든 파도가 될 때. 그러니까 휩
싸이지만 쓸려가지는 않는 힘을 길러야 해요. 또 기다리다
기다리다 이제는 안 오는구나, 힘이 다 빠질 때. 빈손이 빈
몸이 될 때, 와요.

선생님의 '쓰는 시간'이 궁금합니다. 선생님은 쓰는 시간의
고독을 어떻게 돌파하시나요?

쓰는 시간에 대한 두려움이 있기 때문에, 견과류와 물과
말없는 음악이 늘 곁에 있어야 해요. 아침에 쓰기를 시작하
지 못하면 하루 종일 못 쓰는 습관을 가지고 있어요. 생각
해보면 쓰는 시간은 고독하지 않아요. 혼자 하는 작업이지

만, 충만함으로 가득차요. 쓰는 시간만이 주는 기쁨이 있어요. 이 감각 때문에 계속 쓰는 사람으로 있는 것 같아요. 쓰는 시간으로 진입하기 위해 기다리거나 준비하는 시간들이 고독한 것 같아요. 그때는 불안과 두려움, 막막함이 더 많으니까요. 그래서 쓰는 시간에 뛰어들고 보자 마음을 자주 먹고, 쓰고 나서의 허무에 가까운 고독에 있어선 쓴 작품에 대한 생각을 한동안 하지 않으려고 애써요. 쓰는 출발선으로 돌아가기부터 해요.

11
월

9
일

에세이

스노우볼

마주친다. 심장이 뛰면, 무조건 데려오고 본다. 특정한 자리에 놓아준다. 한동안은 보기만 한다. 얼굴을 가까이 가져가서. 코가 닿지는 않을 정도의 거리에서. 내게는 안 보이는 내 눈은 틀림없이 반짝거리는 중.

열흘 이상의 낮과 밤을 같이 지내면 어느 날 살그머니 흔들어본다. 뒤집어본다. 아래 가라앉아 있던 반짝임이 무엇인지 처음 안다. 몇 번 그렇게 하고 또 아무 일 없었다는 듯이 지낸다. 그러다 또 어느 날, 열흘 정도가 지났을까, 데리고 온 날처럼 가까이 얼굴을 가져다댄다. 역시 코가 닿을 만큼은 아닌 거리에서 안을 들여다본다.

하얀 옷을 입고 산소통을 메고 발을 딛고 있는 우주인이다. 우주복은 점프슈트같이, 산소통은 백팩같이, 그렇게 힙한 차림으로 보인다. 스카우트 느낌인데 가만히 보니 눈코입이 없다. 올리브색 얼굴이 살짝 무섭기도 하다. 그날부터 여러 각도로 놓아본다. 휴대폰으로 사진도 찍어준다. 놓이는 각도에 따라 전혀 다른 모습이다. 왜 이렇게 점점 쪼그라들고 있어, 내 소심함에 화가 난 날에는 돌려놓으니 성큼성큼 무중력으로 걸어들어가는 뒷모습뿐이다. 매일 반복되는 일상에 답답함이 느껴진 날에 옆모습으로 돌려놓으니 훗시간쯤은, 굴절된 듯이 보인다, 그러다 어느 순간 뒤집어본다. 색색의 별이 쏟아진다. 우주인은 별로 가득찬 곳을 가고 있다.

나라는 사람의 신발끈을 고쳐 매고 싶을 때, 재미를 잃어갈 때, 나는 안 그러고 싶은데 마음이 좀처럼 의지를 갖지 못할 때, 스노우볼 찾아 나선다. 심장을 뛰게 할, 동화가 담겨있는. 손바닥으로 가리면 가려지는 정도의 구. 너무 큰 것도 너무 작은 것도 아닌 이 크기가 좋다. 요정 모자를 쓰고 서로 바라보고 있는 아기도 좋고 색색의 선물 상자도 좋다. 별도 눈도 금빛 모래도 은빛 모래도 물보라도 좋다. 나와 서로 바라본다. 내가 목소리 없는 말을 만들면 목소리 없는 말로 대답해준다. 내가 좋아하는 방식의 대화여서, 학교에서 아이들과 대화를 하는 테이블에도 스노우볼이 놓인다. 이거봐, 뒤집어 보이기도 하고, 방향을 틀어주기도 한다.

둥글고 투명한 구입니다. 자기 모습에 골똘한 존재들이 있어요. 그 존재들을 위한 반짝임들이 맨 아래에서 숨죽이고 있어요. 그 존재들을 위해 필요한 때를 기다리면서요. 마주하면 안에 있는 존재들이 내 쪽으로 열려요. 그러니 나는 호기심이 생길 수밖에요. 새콤한 기분이 들 밖에요. 삶도 그런 거 아니겠어요. 호기심과 새콤한 기분이 사라지지 않는 스노우볼 하나씩 만들어가는 거요.

11
월
10
일

시

조금은 식물처럼 조금은 동물처럼

멈춰, 꿈에서 그 소리를 들은 바로 다음 눈을 떴어요 새벽 네시에 블라인드를 올리고 불 켜진 건너편 창문을 찾아봐요 아홉 걸음 정도 서성이다 연필을 깎아요 나무를 깎으면 글씨를 쓸 수 있는 검은 심이 나와요

매일 허공에 창을 그려요 네모로도 동그라미로도 세모로도 그려요 허공과 손가락이 만나면 직선도 곡선이 돼요 손가락은 한곳에서 벌어지면서 다른 곳을 가리켜요 허공에도 손가락이 자라요 그 위에 잠들어 있는 새들을 봐요 허공이 밝아오지 않으면 창도 밝아오지 않아요

새들이 소리를 낼 때 새가 있는 높이를 가늠해봐요 새 한 마리가 울면 또 새가 울어요 가깝지만 다른 곳에 있는 새라

는 것을 알 수 있어요 새소리는 허공을 손톱처럼 깎고 새는
그 틈에 얇게 찢어진 발을 넣으며 허공을 건너요

나는 비슷하게 지내요 조금은 식물처럼 조금은 동물처럼
젓가락을 들고 문고리를 잡아당겨요 사선으로 빛을 당겨요
반으로 접힌 그림자가 울렁거려요 오픈 시간이 20분 남은
식당에 들어가 먼저 앉아 있을 수 없냐고 물어요 거절당한
식당 주위를 뱅뱅 돌아요

나는 20층에 살고 벽에 기대 막막하고 벽에 기대 전화번
호를 찾아요 같은 벽의 양쪽에서 날개, 그렇게 말 걸고 싶은
데 자꾸 잠겨요 연두색 티셔츠를 입은 한 명 조금 후에 보라
색 티셔츠를 입은 한 명, 등에 캠핑하는 드로잉이 그려진 티
셔츠를 입고

바람이 허공을 펴는 동작처럼
옥상이 허공을 말리는 방식처럼
그 중간쯤에 바둑돌을 번갈아 놓는 것처럼

한 명 한 명 작은 티스푼 하나씩 들고 모여들면

어두운 곳을 쓱 문지르면 불길이 일어나는데 그때 아래
는 검고 위는 희다
티스푼을 입술에 동시에 갖다댈 때

침묵이 아니라 신호
세상에서 제일 큰 공원 알아요?

이제 막 결성된 밴드 알아요?

한꺼번에 쏟아져나오는 터져나오는

11

월

11

일

에세이

11일이니까 고백하자면

·왜 선물하기에 열중하는 사람이 되었나

귀엽다고, 예쁘다고, 아름답다고 생각해서 산 것들은 거의 내게 없다. 선물로 보냈다. 무척이나 내 곁에 두고 싶던 것을 보냈으니 그것을 받은 사람을 잊지 못한다. 선물을 고르고 포장을 하고 엽서를 쓰고 포장 위에 리본을 묶고 풀고를 거듭하는 동선. 쓰고 싶은 시에 가까워지려는 애씀과 닮아 있다. 그래서 내게 선물은 시쓰기다. 자신도 어쩌지 못할 정도로 어두워지는 날에 반짝임으로 나타났으면 좋겠다, 바라면서 선물을 한다. 그래서 내게 선물은 그의 미래 풍경이다.

선물은 SNS를 통해서 보내기도 하고 만나서 주기도 하지만 우체국에 가서도 보낸다. 선물을 챙겨*우체국까지 가는 길은 늘 설렌다. 식기 전에 도착했으면 하는, 갓 지은 밥을 들고 가는 기분이다. 우체국에 들어서면 보낼 선물을 안전한 곳에 올려두고 알맞은 크기의 골판지를 고른다. 바닥이 될 곳에 테이프를 붙여 상자를 만들고 선물을 가지런하게 넣는다. 상자를 열었을 때 제일 먼저 보게, 아니 중간쯤에, 카드를 놓을 자리를 가늠해본다. 예쁜 모양이 되면 상자를 닫고 주소를 적는다. 이사를 하면 우체국이 어디에 있는지부터 확인한다. 1년 전 이사 온 동네의 우체국은 4차선 대로에 있는데 소읍 느낌이다. 이곳에 들어서면 시간이 천천히 흐른다. 오늘이 어제와 내일 사이에 있음이 믿어진다.

특별한 경우가 아니라면 선물은 미리 산다. 가보지 않은 그의 방에 가보고 모르는 그의 산책길을 걸어보고 사람들과 있다가 돌아서서 다시 혼자가 되는 그를 만난다, 그 가까이 놓였으면 하는 것들을 차례로 놓아본다, 그러다가 풍경도 사라지고 그만 오롯이 있는 장면이 나타날 때 선물을 고른다. 대개 비실용적인 오브제이다. 침묵으로 있는 존재들, 말없이 같이 머무는 존재들. 산 선물은 내 곁에 두고 선물을 받을 사람에게 한 번 두 번 세 번 자꾸 왔다갔다한다. 나는 선물을 들고 그에게 조금씩 조금씩 가까이 가는 사람이 된다. 그는 점점 더 선물을 받을 사람이 된다. 선물 안에는 오간 시간이 담겨 있을 것이다. 선물은 바라는 것이 없는 마음으로 만들어준다. 건네는 마음이 이미 충분하기 때문이다. 선물을 건넬 때는 내 마음에 눈이 내리는 것 같다. 자꾸자꾸 하양이 된다. 적어도 24절기보다 훨씬 많은 횟수의 선물을 산다.

나는 왜 이렇게 선물하기에 열중하는 사람이 되었을까. '혼자 있을 때 이거 보고 웃어, 혼자일 때는 혼자이지만 아주 혼자는 아니야', 이 말을 전하고 싶은 걸까. 선물을 이렇게나 믿으니까, 이걸 순진한 기도라고 해야 할까. 선물을 고르고 카드를 쓰고 너의 이미지에 가까워질 때까지 리본을 풀고 묶고를 거듭하는 일. 한 사람을 위한 내 방식의 기도다.

왜 나는 나보다 너에게 가서 서성거리는 시간이 많을까

이게 다 고등학교 때 스탠드 때문은 아닐까. 내가 다니던 고등학교 운동장에는 층층의 콘크리트 스탠드가 있었다. 키가 커서 창가 맨 끝에 앉은 나는 수업 시간에 비어 있는 스탠드를 자주 바라봤다. 그리고 점심시간에 친구 한 명과 함께 스탠드로 가는 일이 많았다. 방과 후에도 스탠드에 앉아 친구 얘기를 들었다. 그러다보면 해가 지는 날도 있었다. 친구가 돌아가고 스탠드가 다시 고요해지면 약간은 쓸쓸하고 약간은 후련한 기분이 들었다.

　고등학교 때부터라고 했지만, 기억이 있는 한 아주 어려서부터 나는 누군가의 이야기를 듣는 사람이었다. 듣기 이전에 자꾸자꾸 궁금해하는 사람이어서 먼저 묻는 사람이기도 했다. 왜 이런 오지랖을 갖게 되었을까, 스스로에게 질문하는 때가 많다. 어쩌면 나라는 존재에 대한 맹렬한 회피에서 비롯된 것은 아닐까. 니체의 문장을 빌려온다면 "짐깨나 지는 낙타의 정신"을 갖기가 어려워서 맹렬한 회피를 시작한 것도 같지만, 또 그것만은 아닌 것 같다. 왜냐하면 나는 사람들이, 사람들의 안쪽이, 혼자 있는 시간의 얼굴이 궁금했다. 새벽형 인간이어서 새벽에 머리가 가장 맑은데 그 시간에는 어김없이 사람이 떠오른다. 천진한 상태가 되면 문자메시지를 보내고 있거나 엽서를 쓰고 있다. 이런 내 움직임을 아는 친구가 '에너지를 시에 먼저 써야 한다'는 애정 어린 충고를 해줬다. 나도 맞아 맞아 고개를 끄덕였는데 매번 다시 이러고 있는 나를 발견한다.

왜 자꾸 사람에게 가서 서성일까. 왜 나는 여전히 나보다 너에게 가서 서성거리는 시간이 많을까. 사람으로 인해 마음에 등불이 많이 꺼지기도 했는데 말이다. 이유를 아직도, 아니 점점 모르겠다. 이러나저러나 역시 고등학교 스탠드의 위력이 없었다고는 말 못하겠다.

빼빼로데이가 아니라 농업인의 날이라서

친구가 떠나고 혼자 앉아 있던 스탠드와
책상 앞에 혼자 앉아 있는 새벽 사이,

그 시간을 나는 어떤 얼굴로 걸어왔을까.

지금의 나는 그 시간이 만들어준 얼굴일까.

토끼가 땅에 굴 파는 입동도 지났다. 추우면 안 되는데.

굴을 가늠해보고 굴을 오가는 오늘이다. 오늘은 농업인의 날. 그럴 수 있다면 농업인의 손이고 싶다. 농업인의 마음이고 싶다. 흙 파면 흙 나오고, 씨앗을 심으며 무를 믿고, 무가 뽑힌 땅을 다시 물끄러미 바라보는.

　농업인의 날이 있다는 것은 민정의 시 「농업인의 날」을 읽고 처음 알았다. 천경자 화가의 생일이 11월 11일인지도 그때 알았다. 일 년 중 유일하게 같은 숫자가 네 개 나타나는 11일이 되면, 농업인의 날이구나, "평생이 하루이기도 하다니까 뭐,/왔는데 안 보이는 거면 간 거겠지/고흥 여자/천경자"* 생일이구나 생각한다.

———
* 김민정, 『아름답고 쓸모없기를』, 문학동네, 2016.

11

월

12

일

시

태어난 곳으로 돌아갈 수 있다면
생일을 보낼 수 있을 텐데

둘러서서 노래를 불러주는 입들이 있을 텐데

촛불을 끄는 입 모양을 지어본다면
박수 소리를 부풀어오르는 입술처럼 쌓는다면
같이 와와 파편처럼 반짝인다면

영문도 모르고

태어난 곳으로 돌아갈 수 있다면
생일에 멈췄을 텐데

쨍그랑과 활짝이

빨강과 싹둑이

함박눈과 눈물이

구름과 덜컥이

동시에 벌어지는

입의 표정이라는 것을 알지 못하게 될 텐데

말을 모르는 곳으로 돌아갈 수 있다면

노래 대신 눈빛을 눈빛 대신 못 본 척을 달라고 했을 텐데

      가위: 어떻게 자를 것인가

      끈: 칭칭 감을 수 있다

      끈: 돌아가는 것은 무슨 규칙인가

      가위: 어디에서 다시 시작하는가

      가위: 빛을 자를 수 있다

끈: 둘러싸이지 않을 수 있다

나: 날기 위해 발을 감춘다

에세이

제철 외자 사전

감 내내 허공에 매달려 있던 것. 허공에서 다 겪은 것. 낙
법을 알 텐데 떨어져서 터지기도 하는 것. 새의 밥으로 제
몸을 내어주기도 하는 것. 허공에서나 식탁에서나 색을 바
꾸지 않는 것. 솔직한 것.

굴 꽉 다문 것. 알고 보면 알맞게 다문 것. 어둠이 기른
것. 가장 부드러운 빗질은 어둠임을 알려주는 것. 껍질 하
나는 광물질 같고 쌓인 껍질은 현실을 바꿀 수 있는 함성 같
은 것. 바다의 칭얼거림을 품은 것.

꿈 잠 속이든 너머의 가능성이든 흐르는 것. 아니 흐를
것. 먼저 가 있는 시간이므로 펼치려면 닿으려면 비장하지
말 것. 수영 선수의 자세가 될 것. 힘 빼기가 중요하지만,

물속 숨 참기와 물 밖 숨쉬기가 있어야 장거리 완주가 가능
하다.

돌 머리맡에 놓이는 것. 자기 전에 만져보는 것. 주머니에
넣고 다니는 것. 대화할 때 만지작거리는 것. 쳐다보고 있
으면 기도가 생겨나는 것. 듣고 싶은 메아리는 모두 그 안에
들어 있다고 믿는 것.

둘 이상한 중력. 하나여도 충분한데 둘. 하나면 충분한데
안 충분해. 시작의 둘이면 안심이고 막바지에 이른 둘이면
감동. 하나 곁 하나, 간격은 있을 것. 너무 가까우면 흐려.
잘 보일 만큼의 거리. 거기를 둘이라고 불러.

무 땅에 묻혀 있다 나온 것. 땅속을 잘 아는 것. 거기 흙밖
에 없었을 텐데, 형상이 간결한 것. 가능성뿐인 막막에서 시
작해 뜨거움을 통과해 서늘해질 때 올라온 것. 군기 전에 머
무를 때를 박찬 것. 흙의 우주를 알아 가능한 것.

발 내일도 밖으로 나간다는 증명. 밖은 공간적 외부여서

생각도 나의 밖. 몸도 나의 밖.

밤 단단하다. 줍는 밤이든, 매일 돌아오는 밤이든. 껍질을
벗기려면 안으로 들어가야 한다. 겁부터 먹으면 겁에 계속
머물게 된다. 깜깜하고 모르는 것이 된다. 밤 안으로 들어
가야 스탠드를 켤 수 있다. 음악을 들을 수 있다. 고소함도
알게 된다.

밥 있잖아 거기. 버스정류장 앞에. 직사각 큰 테이블 하나
만 있는 곳. 일행이 아니어도 나란히 나란히 앉는 곳. 너랑
나랑 마주보고 앉을 수는 없고. 그 테이블에 앉은 이들에게
는 똑같은 나무 쟁반이 나와. 작은 그릇들이 소곤거리는.

불 안에서 흔들리는 것. 타오르지만 번지지는 않는 것. 움
직여봐야 아는 것. 느껴봐야 하는 것. 울지 못하고 있다면
안에 불이 꺼진 상태라는 것을 알아차릴 것. 울 것.

빛 선명하면 복잡한 것이 없어. 그러니 결심은 이제 그만.
결심은 복잡할 때 쥐었다 펴는 주먹. 복잡은 사라지지 않는

다. 이미 나타났으니까. 그럴 때는 하나 붙잡기. 하나 붙잡으면 거기가 온통 밝다.

손 건네는. 비어서 다시 가져오는. 모으는. 먼저 내미는. 소리 내지 않고 부축하는. 제 무릎에 내려놓는. 언제나 제로로 돌아가는.

숲 잎이란 잎은 모두 떨군 나무와 여전히 모든 잎을 달고 있는 나무를 동시에 품는 일. 바람이 불면 어느 나무의 노래인가 휘감겨보는 일. 밤이 오면 사라진 쪽을 향해 계속 뻗고 있는 가지를 따라가보는 일.

시 깊은 밤에 또는 새벽에 하는 기도. 옳은 말이 아니라 놀라운 말이 들어 있으므로. 간절하게 빌지만 빈다는 자각도 사라지는 간절함에 도달하므로. 나를 구원하지 않는 방식으로 나를 구원하므로.

집 어둠의 층위가 달라지는 계절에 나타나는 것. 끝에서 나타나는 것. 그러니까 온기를 놓아두어야 해. 돌아오느라고 차가워졌잖아. 스위치가 있는 위치를 기억해야 해. 불을 켜면 무릎 담요가 놓인 의자가 보여.

차 잎이 너무 깊게도 너무 얕게도 담기지 않을 시간을 선택했어요. 고쳐 앉으면 보고 싶은 당신이 와요.

첫 -추위. -얼음. -눈. 이 압도적인 결연함. 깨끗함. 선명함.

11
월

14
일

일기

혼자 여수 여행 갔다

　혼자 밥 먹고 벽화 거리 가고 오동도 숲과 숲에 숨겨진 절
벽과 바다 보고 처음 가는 골목 걷고 낮은 담장 너머 안뜰을
들여다보고 오동도 낚시와 오동도 낚시 건너를 헷갈려 버
스를 반대편에서 타고 아주 작은 책방을 발견하고 마음에
드는 가게들 사진 찍고 유적지 소개 글도 읽었다. 바다 보
이는 카페 갔는데 나 말고는 손님이 없었다. 실내를 비워두
고 밖 캠핑 의자에 앉아 있었다. 바다는 조금 쓸쓸했다. 스
카프를 다시 칭칭 감다가 멀리 있는 절 보겠다고 버스 탔다.
가는 중간은 시골 풍경이었는데 갑자기 고층 아파트가 나
오고 웅산 CGV가 나왔다. 왠지 웅산은 신도시 이름으로 잘
어울린다고 생각했다. 절에는 공사하는 인부들만 있었다.
절 아래 벤치에서 이순신광장에서 산 모찌 하나 꺼내 먹고
다시 버스를 기다렸다. 버스 타고 왔던 길 다시 돌아오는데,

정류장마다 계속 사람들이 한둘씩 타고, 할머니들은 무와 밤과 감이 담긴 바구니를 머리에 이고 타는데, 버스 맨 뒷자리에 앉아 까무룩 졸다가 퍼뜩

내게 사랑이 없다면 어찌 사랑을 쓸 수 있겠어요

라는 문장이 떠올랐다. 여러 해 시를 못 쓰고 있는 것은 글 문제가 아니었구나. 딱딱하게 굳어 있던 무엇이 글썽이는 느낌이 들었다. 자기도 모르게 제 입술까지 씹을 때처럼 아프고 쫄깃했다.

11
월
15
일

시

어떤 밤에 곰이 찾아왔다

곰의 발은 자신의 얼굴을 가리기에도
내 얼굴을 가리기에도 두툼했다

앞발을 들어 자기 얼굴을 가렸는데 내 얼굴도 가려졌다
인사인지 표정을 숨기고 싶은 것인지는 알 수 없었다

곰이 조금 더 가까이 걸어오길래
나도 조금 더 가까이 걸어갔다

달빛 속으로
봉제 인형 냄새가 났는데
낙엽 냄새도 났다

너도 썩고 있는 거야?
너도 썩고 있는 거야?

검정들이 몰려들 수 있다는 뜻
주섬주섬 달콤한 냄새라면서 달라붙을 수 있다는 뜻
속까지 파먹을 수 있다는 뜻
슬그머니 사라지게 할 수 있다는 뜻
흔적도 없이 봉합될 수 있다는 뜻

누구에게서 나온 말인지
메아리인지 구분이 되지 않았다

곰은 어둠을 앞세우고 계속 걸어왔다
멈춰 있던 내 그림자 속으로 첨벙첨벙 걸어들어왔다

나는 나도 모르게 팔을 뻗어 곰의 얼굴을 쓸어주었다
얼굴은 조금 말랑하고 조금 딱딱했다

내 손이 쓸어줄수록 곰의 얼굴에는

빗자루가 지나간 자국이 나고 있었다

내 손에서 나온 것인지 곰에게서 나온 것인지는

도무지 알 수 없었는데

곰은 무엇인가를 야금야금 씹으며 나를 쳐다보고 있었다

낙엽맛이 나

조금 슬퍼지려고 해

곰이 작은 소리로 중얼거렸다

11
월
16
일

시

너무 많은 삶들

도통 문장이 완성되지 않아요. 신발을 신었는데 발가락이 안 감추어지는 기분이랄까요. 발은 이미 걷기로 마음먹었는데 끝도 없이 모래사장이 펼쳐진 풍경이라 할까요. 빛은 모래의 것이 아니라는 것. 길을 잃는지도 모르고 두근거리기부터 하는 것이 반짝임. 처음부터 패를 들키게 설계되어 있었다니까요. 방향을 바꿀 수 있다는 믿음은 착각이었다니까요. 그러나 어둠도 모래의 것은 아니라는 것. 머뭇머뭇 찢어질 것 같다가도 정렬하면 가능하지 않아요? 문장들 발가락들 한 알 한 알 모래밖에 없는 모래들

11
월
17
일

단상

어른이 되면 간단해지는 것인지 알았다. 어른으로 살아가는 시간이 늘어갈수록 점점 더 어렵다. 파도다. 서퍼가되지 않으면 통과할 수 없다.

대개 둘 중 하나인데 왜 복잡해질까. 그러나 사이에는 얼마나 많은 경우가 있을 것인가. '둘 중 하나'의 밖은 또 얼마나 느닷없고 모르는 곳일까. 역시 서퍼가 되는 수밖에. 천사는 서퍼일 것이다.

*

어려서부터 무엇인가를 얻은 사람보다는 무엇인가를 잃은 사람에게 마음이 연동된다. 내가 어려서 상실을 경험해서 그럴까. 봉합의 지점을 나는 잊었어도 몸은 기억하고 있어서인지도 모른다. 또는 태생적으로 상실에 대한 감각으로 기울어진 채 태어났을 수도 있다. 내가 엄마 속에 있었을 때 우리 엄마가 그런 사람이었을 수도 있다. 엄마에게 슬픔이 있었나, 엄마 혼자 감당하는 상실이 있었나. 요즘에는 그런 생각도 하게 된다.

*

시쓰던 선생님들은 돌아가시고, 사모님들을 만나러 간다. 사모님들은 혼자 나이를 먹고 계신다. 사모님들의 말 속에서 선생님들이 소환된다. 대개 선생님들은 세상 물정 모르시고 시에만 눈이 반짝이던 분들로 묘사된다.

선생님들은 선명한 자리에 계셨는데, 나는 선생님들의 말에서 동작에서 내가 간결해지는 것을 자주 느꼈는데, 사모님들과 대화를 할 때 비로소 그것이 무엇인지 알게 된다.

선생님들이 가졌던 시라는 것. 세상 물정은 들어올 수 없

는 것. 그래서 새하얀 것. 순백인 것. 세상의 문법에서 보면
미숙하고 여물지 못한 무엇이지만, 세상의 문법을 벗어날
때 시는 나타난다는 것. 설원이라는 것. 세상도 원래 거기
라는 것. 세상의 본질도 시와 똑같다는 것.

*

졸업 선물로 연필을 하기로 했다. 선생들이 모두 글쟁이
라서 연필에 문장을 새겨주기로 했다. 연필에 들어가야 해
서 글자 수를 자꾸 줄였다. 내가 쓴 문장은 이러했다. 어둠
이 커지면 써요 지켜줄 거예요.

*

"어떻게 지내요?"라는 말은 '당신의 고통은 무엇이에요?'
와 같은 뜻이라는 것을 한 소설을 읽다 알게 되었다. 내가
마음에 등불이 꺼진 상태라고 해도 자꾸 어떻게 지내, 묻고
싶어졌다. 그리고 내게 그리 묻는 사람을 떠올렸다. 누군가
내게 어떻게 지내라고 물어봐줬으면 할 때는 내가 고통스

러운 때라는 것도 알게 되었다

*

한동안 아니 어쩌면 내내
사람에게서 구한 것들이 있었다.

구할 수 없었다.

그렇다면 그걸 신이라는 존재가 갖고 있을까.

내가 나를 구할 때만
신은 나타났다.
적어도 나는 그랬다.

내가 나를 구하겠다 마음먹을 때
내가 어려움을 겪지 않으면 신은 나타나지 않았다.

내가 어려울 때

나도 모르는 문장이 떠올랐고 그 문장이 떠오르자
진정되었고 견딜 수 있었다.

그것이 신이라 부를 수 있는 순간이라면
나는 신을 만났을 것이다.

*

의자였는데 앉는 곳이 너무 높게 그려졌다. 등받이가 저
절로 짧아졌다. 점프해야 앉을 수 있고, 앉으면 등의 반 이
상이 등받이 위로 솟아오른다. 의자보다 더 큰 의자가 만들
어졌다. 몇 개의 선을 등받이 옆에서 의자 다리 쪽으로 쭉
그으니 힘줄이 생겼다.

11
월
18
일

에세이

내가 들여다보면 당신들이 나오는 거울

스무 살 때 시가 참 쓰고 싶은데 그럴수록 참 안 써졌어요. 이토록 사랑하는데 안 써지는 것이 너무 이상했고, 어긋나는 그 설렘이 좋았어요. 스케치북에 검정 사인펜으로 시 쓸 때였는데요. 앉아서는 안 써져서 밤중에 바닥에 무릎 꿇고 엎드려 있었어요. 그래도 시가 안 떠올랐어요. 다음날이 제출 마감이었는데 말이죠. 그 상태로 밤새 잤다는 것을 깨달은 그 순간 스케치북에 막 썼어요. 뭘 쓰는지 몰랐는데 써졌어요. '시를 쓴다'를, '라이브'를 그 새벽 처음 만났어요.

그 감각이 생생해서 신기해서 지금도 시가 안 써지면 '참 쓰고 싶어?' 묻고 그렇다 대답을 들으면 글씨가 써지기까지 여러 동작을 하면서 기다려요. 그 과정이 꽤 괴로워요. 그 시간 속에서도 꼭 지키는 한 가지는 '지금은 시쓰는 중'이라는 링 안에 있음을 자주 상기시키는 반복이에요. 링 밖에 있으면 복싱을 하고 있는 것은 아니니까요. 시쓰면서 스포츠 정신을 배워요. 1초의 환호와 숭고의 감각 말이지요. 생물은 그런 것이지요. 승패가 아니라 희열, 그 자체지요. 뒤라스의 소설 제목처럼, "이게 다예요".

　시인 페소아를 좋아해요. 포르투갈에 가고 싶은 것은 페소아와 파두 때문이에요. 페소아는 47년을 살았지요. 사후에 트렁크에서 발견된 25,000페이지가 넘는 다양한 방식의 글이 아직도 편집 진행중인 "사람들이 가득한 트렁크"이지요. 페소아는 이른바 '부캐'의 원조예요. 각자마다 다른 인격체로 빚은, 80명에 이르는 이명異名으로 글을 썼지요. 각각의 인격체들은 아주 정교한 연관을 가지면서 '살아' 움직이지요. 이 모두 다른 인격체들은 페소아이면서 또 전혀 페소아가 아니지요.

　사후 47년이 지나 출간된 『불안의 책』은 페소아와 가장 흡사해 반半이명이라 불린 '베르나르두 수아르스'의 영혼의 기록이에요. 평생에 걸쳐 쓴 단상들로 이뤄진 두꺼운 책이지요. "밖에 있는 건 포함하지 않으면서 당신의 개별성을 확장할 것, 다른 이에게 아무것도 요구하지 말고 시키지도 말고, 그러나 당신에게 그들이 필요할 때면 그들이 되면서" 쓴 이 "단상들 속에 나의 사실 없는 자서전, 삶이 없는 인생 이야기를 무심히 털어놓"았지요. 이 책에는 '나'를 비추는 거울이 많아요. 그들이 되는 '나'가 많아요. 이 책을 권유하는 첫번째 이유예요.

페소아의, 페소아에 관한 출간물은 꽤 많이 나와 있어요. 끌리는 한 권으로 시작하면 또 한 권 또 한 권 목록이 늘어날 수 있어요. 「양떼를 지키는 사람」은 49편의 연작 산문시인데, 불면증의 밤에, '알베르투 카에이루'라는 이명이 쓴 작품이지요.

내게는 야망도 욕망도 없다.
시인이 되는 건 나의 야망이 아니다.
그건 내가 홀로 있는 방식이다.

나도 내 시쓰기의 시간을 고백해본다면, '내가 들여다보면' '낯선 내가 나오는 거울'을 통과하고, '내가 나오지 않는 거울'을 통과하고, '당신이 나오는 거울'을 통과했어요. 지금은 '내가 들여다보면 당신들이 나오는 거울' 안이에요. 그래요. 글을 쓰는 것은 "내가 홀로 있는 방식", 해변의 복서예요.

11

월

19

일

인터뷰

시 창작반 아이들과 2

문학을 하겠다는 아이들의 질문을 열어보는 순간은 마치 밀푀유의 단면을 클로즈업으로 맞닥뜨리는 것 같다. 고요함과 아이들의 눈빛은 늘 등가로 있고, 나는 그 둘을 예민하게 읽어내려 온 힘을 다하는 것이 수업의 풍경인데, 내가 가닿지 못한 이런 깊은 뒤척임들이 있었구나, 오늘 알게 된다. 밀푀유는 프랑스어로 '천 겹의 나뭇잎'이라는 뜻이다. 이토록 섬세한, 겹겹을 망가뜨리지 않고 쌓는 눈과 손을 가진 아이들과의 대화니까, 이 대화는 랜턴이다. 랜턴은 언제나 삶과 언어를 비춘다.

선생님에게 가장 영향력 있는 감정은 무엇인가요? 시인이 된 이후 시와 가장 멀어졌던 순간이 있다면 언제인가요? 어떤 사연이 있나요?

연민. 내가 느끼는 연민은 평등한 햇빛 같은 거예요. 마땅히 가져야 하는 것. 동정에는 상하의 시선이 개입되지만 연민은 모든 존재가 처음부터 갖고 있는 것이라고 생각해요. 사회적 시선으로 보면 비실용적인 감정일 수 있지만, 이 감정이 없는 사회란 자동화 시스템일 뿐이죠. 시와 멀어졌던 순간은 최근 몇 년이에요. 마음에 연민이 고갈됐었어요. 지금 다시 채우는 중이에요. 광부의 방식으로요.

선생님은 시와 관련해서 제일 악착같아질 때가 언제인가요? 혹은 시를 쓸 때 제일 의욕이 생기는 순간도 궁금합니다. 누군가는 시를 쓰기 전에 항상 화가 나 있다고도 하고 반면 누군가는 오히려 초연해지기도 한다고 들었습니다. 선생님은 어떨지 궁금해요.

악착같은 감정은 아니고, 제일 의욕이 나는 순간은 나도 모르게 시 안에 들어가 있다고 느낄 때. 시를 쓰기 전에는 두 감정 다 아닌 것 같아요. 나는 글썽이는 심정이 되어야 시를 쓸 수 있어요. 물론 시와 가깝지 않을 때는 화가 나기도 해요. 안 써질까봐 무서워서.

좋아하는 영화나 드라마가 궁금합니다.

그때그때 다른데, 인디적 요소가 있는 드라마를 좋아하는 편이에요. 영화는 못 보고 있다가 최근에 본 〈괴물〉. 고레에다 히로카즈의 영화를 좋아하고, 〈아무도 모른다〉를 시로 쓴 적도 있는데요. 그 감독은 특히 아이들을 잘 아는 섬세함을 갖고 있는데, 〈괴물〉은 더 나아갔더라고요. 뭐라고 규정할 수 없는, 인간의 아름답고 슬픈 해부도 같았어요.

선생님은 쓸 기분이 아니어도 써보려고 하는지, 아니면 스스로에게 시간을 주고 기다리는 편인지 궁금합니다. 또 시와 친하지 않은 사람들에게 시를 이야기할 때 어려움을 느낍니다. 선생님은 그런 상황을 맞닥뜨리면 어떻게 말씀하시는지 궁금합니다.

쓸 기분이 아니면 우선 쓸 기분을 만들려고 애써요. 좋아하는 것도 하고 한참 걷기도 해요. 단 그때 시를 쓰고 싶어서 이 행위들을 한다는 인식을 놓치지 않은 상태로요. 그런 뒤에는 여전히 쓸 기분이 생성되지 않았어도 써봐요. 잘 안 돼도 계속해요. 피하기 시작하면 시는 점점 달아나요. 나는 모든 사람 안에는 시가 들어 있다고 믿는 편이에요. 시와 안

친하면 제일 작게, 단어나 한 문장으로 접근해요. 그 사람의 시가 깨어날 수 있게요.

만약 자신이 원하는 다른 시간으로 단 한 번 갈 수 있다면 선생님은 어떤 시간으로 가시겠습니까? 그 시간으로 가서 무엇을 하고 싶으십니까? 문득 이런 엉뚱한 질문이 하고 싶어집니다. 전형적인 질문이지만 선생님은 다른 대답이 나올 것 같아서요.

그럼 나는 스물 정도의 나이로 돌아가고 싶어요. 어른이 막 돼서 엄청 신나 있기도 두렵기도 했던 시기였는데. 질문을 너무 안했어요. 어른에게 친구에게 선배에게 내 방식대로 많이 물어볼 것 같아요. 삶을 사는 방법을 배우고 싶어요. 그래서 너무 모르고 겪어온 지금과는 다르게, 현명한 방법을 조금은 안 상태에서 살아가보고 싶어요.

11월에는 뭘 해보라고 권하고 싶은가요?
하루라도 혼자 여행하기. 한 해의 마무리와 한 해의 시작을 미리 준비할 수 있어요.

저는 늘 언어가 삶을 건져올린다고 생각했습니다. 하지만 때때로 그 생각에, 언어에 잠식당하고 있는 느낌이 들기도 합니다. 선생님은 어떠신지 궁금합니다. 또 이럴 때 우리는 언어에 그대로 잠식당해야 하는지, 혹은 언어를 이기기 위해 고군분투해야 하는지 궁금합니다.

나도 언어가 삶을 건져올린다고 믿는 쪽이에요. 그러다 보면 언어의 비중이 높아지니 언어가 가라앉아요. 많이 기대면, 기댄 것이 아주 단단하지 않으면 기울겠잖아요. 그래서 언어를 이기기 위해서라기보다는 언어의 힘을 키우도록 애써야 해요. 힘있는 언어로 만들어야 해요. 이때 제일 먼저 없애야 하는 것은 언어에 깃든 관념. 포커스는 현실에 들어가도 현실을 버텨낼 수 있는, 그런 생물의 감각을 가진 언어겠냐는 지치지 않는 반문.

시로 쓰고 싶은 건 있는데, 시에서 '할말'이 없는 상태에 온 것 같아요. '할말'이 있어야 꼭 시를 쓸 수 있는 건 아닌 것 같기도 하지만, 무언가 고갈되었다는 느낌이 드는데 어떻게 해야 할지 모르겠어요. 선생님은 이런 시기가 있었다면 어떻게 지나오셨는지요.

할말이라고 표현했지만, 쓰고 싶은 시가 놓일 장소와 시간을 못 만났다는 뜻일 거예요. 쓰고 싶은 것을 가지고 여기저기 가봐요. 여기저기 장소를 만들어줘봐요. 그러다보면 다시 채워져요. 시쓰다보면 자주 그런 시기가 와요. 그럴 때 생각으로 해결하려 하지 말고 현실에서 찾아요. 생각은 몸을 얻어야 움직여요.

11월의 저녁 메뉴 추천, 그리고 선생님의 소울 푸드와 그 이유가 궁금해요.

저녁 메뉴로는 갖가지 구운 채소가 든 샐러드. 허브티를 곁들이면 좋겠어요. 소울 푸드는 수프. 한 가지 색, 한 가지 맛, 수프를 먹을 때, 그 몰두를 좋아해요.

시적인 영감은 어떻게 얻나요?

내게 놀라움을 주는 모든 것에서. 그러나 그보다 먼저 시적인 영감과 만나기 위해서는 내가 천진한 상태여야 해요. 그러니까 나를 먼저 천진하게 만들기 위해 애써요.

감각과 재미 둘 중에 하나를 선택해야 한다면, 특히 재미만으로 시를 쓰면 남는 문장이 몇 개 없는 것 같은데, 효과적으로 그것을 조율하는 방법이 궁금해요.

재미의 감각을 쓰면 되지요. 그 둘을 분리해서 생각하니까 몇 문장만 남게 될 거예요. 감각 아니면 재미 아니고, 재미가 우선하지만, 재미에 따라오는 감각을 느끼고 표현하려고 해봐요.

가득 채워진 시를 비우는 법을 묻고 싶습니다. 1년간 시를 꾸준히 써보았는데, 초반에는 짧고 덜 말하는 시를 썼었는데, 물음표가 해결되지 않는다는 합평을 많이 들었어요. 그래서 1년간 모르겠으면 차라리 더 말하고, 더 늘리고, 채우는 법을 연습하고 있었는데 이제 이것을 어떻게 유니크하게 비울 수 있을지! 그것을 질문하고 싶습니다.

이상적인 방향으로 움직이고 있었네요. 수영도 긴 거리를 갈 수 있어야 짧은 거리 때 스퍼트를 낼 수 있잖아요. 이제 긴 거리를 오갈 수 있는 호흡을 갖게 되었으니, 설명적인 부분 제일 먼저 지우고, 그 다음으로는 비약의 계단을 만들어봐요. 그러면 시적 밀도가 자연스럽게 생겨요.

비인간 화자가 시에 자주 등장하는 동시대에 시에서 의인화를 쓰는 것이 어떤 효력을 지닐 수 있다고 생각하시는지요?

비인간 화자는 인간을 지우거나 넘어서기 위해 나타난다기보다는 인간을 제대로 보기 위해서도 나타나는 것이라고 생각해요. 대립이 아니라 상생. 확장. 이 방향이라면, 같은 운동성 아닐까요.

시에 있어서 무엇이 가장 중요하다고 생각하시는지(리듬, 마음, 정치성, 구조, 긴장감 등). 시기별로 중요하다고 느끼는 것이 달라지셨다면 어떻게 변하셨는지?

무엇이 제일 중요하다고 여기기보다는 기울어지는 부분이 달랐던 것 같아요. 처음에 시를 쓸 때는 새로운 구조, 언어의 긴장감에 더 기울었고, 여전히 이 부분들을 인식하지만, 지금은 리듬에 기우는 것 같아요. 한참 동안 떼어낸 세계를 시로 인식했다면, 지금은 떼어내지 않은 상태의 시를 만나고 싶은 것 같아요.

11월에 가보고 싶은 곳은 어디예요?

서울 중구 중림동에 있는 약현동 성당. 한국 천주교 최초의 성당인데, 궁금한데 아직 못 가봤고, 11월에 처음 가보고 싶은 고즈넉함을 갖고 있을 것 같아서요. 그리고 숲. 가벼워진 나무들의 소리를 들어보고 싶어요.

'나의 문체'를 갖기까지의 과정.

처음에는 시에 가까이 가고 싶어 시 비슷한 것을 썼고 그것은 모두 어디서 본 것들이었어요. 나만 쓸 수 있는 것을 발견하고 싶어졌어요. 내가 유독 좋아하고 재미있어하는 것을 쓰기 시작했어요. 이해받지 못하면 어떡하지 하는 두려움을 내가 좋아하니까가 이겼어요. 그러다보니 나의 문체가 생겼어요.

삶에 만족감을 느낄 때가 언제인가요? 그리고 그 감정을 어떻게 보존하려고 유지하는지도 궁금합니다.

시적이라고 느끼는 순간. 아무 이유 없이 자유롭다고 느끼는 순간. 주로 아름다운 거 보거나 천진한 장면을 마주했을 때 그래요. 순간은 그때뿐이어서, 매일 시적인 순간을 만나려고, 의도적으로 예민하게 찾아다녀요.

사람을 진정으로 사랑하고 미워하는 일에 힘이 듭니다. 하지만 어쩐지 나에게도 너에게도 사람이기를 포기할 수 없는데, 생물 곁에 계속 머물고 싶나요? 요즘 어떤 고민이 있으신가요?

'진정으로'는 참 어려운 겹겹이에요. 그러나 다가가보고 싶은 지점이죠. 생물은 생물 곁을 떠날 수 없어요. 생물 곁에서 더 환하게 지내기 위해 우선 나에게 기대보려고 해요. 요즘 고민은 마음의 온도를 올리는 방법 찾기.

다시 태어난다면 그때도 시인 하시겠어요, 아니면 다른 일을 해보고 싶으신가요?

시에도 쓴 적이 있지만 가수나 정원사 하고 싶어요. 시는 혼자 쓸 거예요. 무엇으로도 대체가 안 되는 시의 기쁨이 있으니까요.

선생님 마음속에 계속 맴도는, 그래서 떨쳐낼 수 없는 듯한 시적 문장이 있다면 그것이 무엇인지 듣고 싶습니다. 또한 어떤 상황에서 시가 나오는지도 묻고 싶습니다.

최근에는 "나는 가장자리에 쓴다"라는 조르주 페렉의 문장. 시는 왈칵 쏟아지는, 왈칵 믿어지는 너머의 예감에서 나와요. 몸 없는데, 믿어지기부터 하는 이상한 뒤집힘에서.

선생님의 가장 큰 일탈은 무엇이었나요?

시인이 된 것.

어떤 시를 쓰려 마음먹었을 때 혹은 막연하게 쓰고 싶을 때
가장 먼저 무엇을 하시나요? 시를 쓰지 않을 때에는 무엇을 할
때 가장 마음이 편하신가요?

조용한 곳을 걸으면서 스스로에게 물어보고 책상 앞에
앉아요. 마음이 형상을 나타낼 때까지 기다려요. 가장 마음
이 편할 때는 같이 있는 무생물 닦아주고 자리잡아줄 때. 좋
아하는 뮤직비디오 볼 때.

11월은 선생님에게 어떤 의미인가요?

선명해지는 시간. 선택하는 시간. 선택하면 다음이 와요.

방학 동안 드신 음식 중 가장 기억에 남는 음식의 색깔과 그
음식을 떠올리면 망망하게 떠오르는 단어는 무엇인지요?

초록. 딱 맞는 간.

시인 이원이 이 세계를 감각할 때 가장 중요하게 생각하는 것과 먼저 다가오는(머리가 아닌 몸과 영혼이 먼저 알아채는) 것이 무엇인지, 둘의 차이가 있다면 어디에 더 중점을 두고 싶고 앞으로 어느 방향으로 나아가고 싶은지요?

모든 질문에 하나의 대답을 할 수 있어요. 머리를 거의 사용 안 해요. 촉을 믿어요. 촉만 믿어요.

11월에 주고 싶은 세 개의 단어와 그 이유를 알려주세요.

하늘. 하루에 몇 번은 올려다보자. 11월 하늘에는 너머로 가는 창창한 힘이 들어 있다. 제로. 제로에 닿으면 처음부터 다시 시작할 수 있다. 동화. 동화는 역경에서 시작되니까. 내 삶을 동화로 만들 수 있다. 내가 마음먹는다면.

시를 쓸 때 어떠한 소재나 문장이 떠오르면 그것을 가지고 즉흥적으로 출발하는 편이신가요? 아니면 어느 정도의 동선을 생각해두고 쓰기 시작하시나요?

전자의 방식이에요. 소재보다는 한 문장 또는 하나의 이미지가 왈칵 오면 출발하는 편. 동선은 생각 안 해요. 조각가의 방식으로 시쓰기를 해서, 오래 걸려요.

자기 글의 장점이나, 특색은 어떻게 찾을 수 있나요? 그냥 열심히 쓰다보면 알게 될까요. 저는 제 글이 어떤 특색이 있는지, 어떤 장점이 있는지 스스로 잘 모르겠습니다.

자꾸 반복해서 써지는 것, 다른 사람은 잘 모르겠다는데도 나는 좋은 것, 포기하려고 하면 온몸이 아픈 것, 그것이 자신만의 고유성이에요. 그건 없애려고 해도 안 없어지는 것이니까 거기서 세계를 하나 만들겠다는 깊은 믿음을 갖고 계속 써요.

시인이 되어야겠다고 결심했던 순간에 대해 듣고 싶어요.

사람도 해결해주지 못했던 상처를 시가 해결해줬을 때. 시면 헤쳐나갈 수 있겠다, 시쓰는 사람으로 살아야겠다 결심했어요.

규칙적인 생활을 하면서 시를 건강하게 쓰고 싶은데, 마음처럼 잘 되지 않아 고민입니다. 건강하게 시쓰는 법이 개인적으로 궁금합니다.

사람마다 규칙적인 생활은 다 다르니까요. 하루 전체에 규칙성을 요구하기보다는 시의 시간을 지키려고 애쓰면 좋겠어요. 시간을 길게보다는 최소로, 그러나 꼭 지키도록. 그 최소가 건강하게 시쓰는 시간을 만들어줄 거예요.

시를 쓰면서 좌절할 때까지가 아니라 좌절하고 싶을 때가 있는지. 왜 어떤 슬픔은 시가 되고 어떤 슬픔은 시가 되지 못하는지 이원 시인의 시선에서 엿보고 싶어요.

내 경우에는 좌절할 때까지가 밀고 나가는 희열이라면, 좌절하고 싶을 때는 써진 시가 모험심을 담지 못했을 때. 썼는데 아는 형상이 만들어졌을 때. 좌절하고, 없던 시가 돼요. 시가 되는 슬픔은 써놓고 봤을 때도 슬픔이 너무 많이 남아 있었어요. 휘발되지 않는 슬픔이 들어 있었어요. 지나간 시간이 아니라 지금도 살아야 하는 현재성일 때는 시가 되고. 슬픔이 되지 못하는 시는 슬픔이 부족했거나 지나간 슬픔이 들어 있을 때. 또는 전혀 다른 측면에서, 아직 꺼낼 때가 안 된 슬픔을 너무 성급하게 꺼냈을 때.

11

월

20

일

에세이

호크니와 할망당

몇 년 전 뉴욕 휘트니미술관에 처음 가보았다. 사진으로 알고 있는 예전 자리의 휘트니도 좋았지만 하이라인의 남쪽 끝 지점, 허드슨 강변으로 옮긴 휘트니도 좋았다. 위층부터 천천히 보고 있었는데, 어느 순간 내 앞에서 작품을 보고 있는 한 사람의 뒷모습이 눈에 들어왔다. 그 뒷모습은 호크니였다. 옷차림도 호크니였다. 시간에 따라 좋아하는 미술 작품들도 달라지는데, 데이비드 호크니는 꽤 오래전부터 쭉 좋아한다. 그의 작품뿐만 아니라 그의 삶도 좋아한다. 변화를 두려워하지 않는, 치밀한 이론가이기도 한 그는 고향인 요크셔로 내려가 풍경 앞에 이젤을 두고 그림을 그렸다. 대작에 속하는 이 그림들에는 빛과 색의 움직임이 고스란히 들어 있다. 매우 정통한 방식의 그리기와 아이패드 드로잉을 동시에 시도하는 능동성이 호크니를 여전히 현재의

자리에 위치시킨다.

호크니가 휘트니에 자주 온다는 글을 읽기도 했다. 책에서 영화에서 접해왔던 호크니의 모습을 생각해봐도 분명 호크니였다. 내 심장이 뛰기 시작했음은 물론이다. 나는 조금 떨어져서, 그러나 놓치지 않을 거리에서 호크니를 따라 작품을 보기 시작했다. 호크니일 가능성과 호크니가 아닐 가능성. 당신 호크니 맞아요? 나는 당신의 작품을 좋아해요, 이런 문장을 만들어보면서 말이다. 호크니는 대개 한 남자와 동행하여 다닌다고 읽었다. 호크니인 것 같은 호크니 옆에는 남자 한 사람이 동행하고 있었다. 호크니가 멈추면 호크니와 약간 비켜선 곳에서 나도 그 작품을 유심히 보았다. 호크니가 동행한 젊은 남자에게 손가락으로 작품 어딘가를 가리키면 나는 그곳에 담긴 무엇을 알아차리려고 애썼다.

나는 그의 뒷모습을 보았을 뿐인데, 뒷모습을 보며 나는 그의 앞모습을 호크니로 확신했다. 뒷모습이 호크니였기 때문이다. 그런데 예상치 못한 순간에 그가 뒤돌았고, 뒷모습에서 미처 시선을 거두지 못했던 나는 그와 눈이 딱 마주쳤다. 시선이 마주쳤으므로 일단 걸어야 했다. 안 그러면 그를 보고 있었던 것이 더 명확해지니까 말이다. 그와 나는 낯선 춤을 추는 것처럼 서로를 쳐다보았다. 내가 그에게서 시선을 거두지 않았으므로 그도 내게서 시선을 거두지 않았다. 분명 앞모습도 호크니였는데, 말을 걸지 못한 것은 화면이나 사진을 통해 본 것보다 그가 젊었기 때문이다. 그와 나의 대면은 이렇게 짧은 순간으로 지나갔다. 그날 이후 나는 그 몇 초의 순간을 떠올릴 때가 있다. 그의 뒷모습을 찍어놓은 사진을 보면서 말이다. 그러니까 호크니는, 묻지 않은 호크니에게서 더 선명해진다.

호크니는 1983년 가을 6주간 매일 아침 일어나자마자 첫 일과로 자화상을 그리기로 결정했고 그답게 열정적으로 실행했다고 한다. "어쨌든 그 자화상들은 내게 상당히 많은 것을 드러냈습니다"라고 말했다고 한다. "자의식을 내려놓고 감정적으로 무방비 상태의 연약한 모습을 드러낸 자화상이 좋다"는 마르코 리빙스턴의 관점도 있지만, 호크니가 만난, 호크니도 모르는 호크니는, 호크니만이 알고 있을 것이다.

　2019년 여름 제주의 모슬포항에서 배 타고 10분 남짓 들어가야 하는 섬, 가파도에 머물 기회가 있었다. 외따로 떨어진 섬에 있어본 것은 처음이어서 설렘과 긴장이 비슷한 크기로 출렁거렸다. 바다를 따라 동그랗게 해안도로가 나 있었다. 내가 머물던 곳에서 나오면 동네로 가는 길과 무덤으로 가는 길로 갈라졌고, 나는 주로 무덤 쪽으로 걸었다. 저물녘에는 더 그랬다. 저물녘은 사람의 시간을 벗어나는 묘함을 갖고 있다. 낮이나 아침에 걸으면 낮은 묘들은 그냥 풀 속처럼 보인다. 해가 질 무렵이 되면 풀 속에서 무덤의 모양이 나타나며, 어둑해지면 무덤의 모양이 선명하게 보이고, 밤중이면 어둠에 겹친 보이지 않는 무덤이 느껴진다.

　섬에 머물면서 바다의 여러 색과 바람의 겹겹을 만났다. 오후 네시가 넘으면 섬에 있는 몇 개의 식당도 문을 닫고, 여섯시 무렵이면 해녀 할머니들이 비슷한 모자를 쓰고 걸어가는 모습에서 적막과 고요의 층층도 보았다. 어둠과 석양이 불처럼 번지는 하늘을 만나기도 했다. 섬에는 '할망당'

들이 있었다. 내가 있던 곳에서 제일 가까운 곳은 편편한 돌 제단이 놓인 곳이었다. 나는 산책을 할 때마다 그 안에 들어가 있었다. 기도를 할 줄 몰라 그냥 서 있었다. 선착장과 가까운 곳에는 훨씬 큰 할망당이 있었다.

바위 속 할망당을 알게 된 것은 섬에서 떠나기 얼마 전이다. 등대 뒤편 바위가 가득한 곳으로 울퉁불퉁 걸어가보았는데, 바위 속에 있었다. 손으로 두 뼘 정도 될 만한 낮은 높이에, 흰 천으로 만든 사람 모양의 작은 인형이 둘 걸려 있고 사람을 닮지 않은 둘둘 말린 흰 천이 하나 걸려 있었다. 밖에서 보면 그곳은 보이지 않고, 이곳에 오면 눈코입도 없는, 할머니로도 애기로도 느껴지는 그것들이 있었다. 오로지 흰 뿐인 모형에 대고, 기도가 하고 싶어졌다. 기도의 마음이 생겼다. 기도를 할 줄 몰라 몇 번이고 두 손만 가만히 맞대고 있다 나왔다.

기도할 줄은 모르지만, 기도의 자세를 갖게 하는 장소에 머무는 것을 좋아한다. 기도를 배우고 싶기 때문일 것이다. '간단'이라는 말이 간절할 때, 바위가 비워둔 그 낮고 작은 할망당이 떠오른다. 어쩌면 울퉁불퉁 걸어가 그 앞에 있어 보는지도 모르겠다. 들어가면 안 보이는, 나는 그것과 대면하는. 지워져 있어도 지워진 곳에서 지워진 것들을 만나는.

본다는 것. 대면한다는 것. 지워진 곳에서 지워진 것을 알게 된다는 것. 할망당의 천 인형이 떠오를 때. 호크니의 앞모습이 아닌 호크니의 뒷모습이 떠오를 때. 묻지 않아도 아는 것. 호크니는 "층은 제거될 수 있다"고 했지만, 말하지 않는 내 말을 듣는 귀가 있다는 것. 내 얘기를 듣는 그 귀를 생각한다.

11

월

21

일

질문지

한 사람

　안데르센은 슬플 때도 기쁠 때도 매일 쓰는 사람이었
어요.
　동화로 유명하지만
　어린아이였을 때 이웃집 미망인에게 '시인'이라는 단어를
듣고,
　이 단어를 평생 심장으로 삼은 사람이에요.
　걷다가 작은 것들을 뒤적이고 들여다보는데 정신을 쏟고,
　종이 하나에서 별별 장면을 다 탄생시키는 종이 오리기
선수였어요.
　끊임없이 떠났던 사람이에요.
　70년 인생에서 여행 다닌 시간을 다 합치면 9년이나 되었
어요.
　'인생은 여행이다'가 아니라 '여행은 인생이다'가 좌우명

이었어요.

스물여덟 살에 여행지에서

힘들게만 살았던 자신의 젊은 엄마가 죽었다는 소식을 듣게 돼요.

겉으로는 동요가 없어 보이는 일기를 썼지만

그날 그린 운구 행렬 드로잉을 보면 한 발 한 발 엄마에게 가는 마음이에요.

뜨겁게 사랑하고 뜨겁게 절망하면서도

어린아이를 잃지 않은 사람이었어요.

난로를 사랑한 "눈사람"이 안데르센이었어요.

나는 안데르센을 사랑해요.

복잡해질 때 우울해질 때 삶을 잘 모르겠을 때 허무해질 때

안데르센을 생각해요. 안데르센의 자서전을 안데르센의 글을 읽어요.

코펜하겐에서 두 시간 기차를 타고 가면 나오는 안데르센의 고향 오덴세에는

그가 태어난 집에 소박하게 세운 안데르센뮤지엄이 있어요.

매일 열한시 세시 다섯시에 동네 주민들이 배우가 되어

안데르센 작품을 극으로 올리는 아기자기한 정원이 있는 곳이에요.

뮤지엄에는 엄청난 양의 기록이 전시되어 있는데,

입구로 들어가면 맨 처음 벽에서 만나는 것이

'한 사람' 질문지예요.

질문과 안데르센의 대답이 나란히 적혀 있어요.

저는 그 질문지가 참 좋더라고요,

스스로 해볼 때가 있어요.

누가 한 질문인지는 파악하지 못했어요.

여기에 그 '한 사람' 질문지를 적어놓고 싶어요.

안데르센의 대답 곁에 나란히 나의 대답을 적어보세요.

이제 올해도 한 달 남짓 남은 시간이잖아요.

적어보면 내가 또렷해져요. 이 질문지 내년 이맘쯤에도 또 해봐요.

내년에도 또렷해질 거예요. 제가 그랬거든요.

한 사람

셀프 포트레이트

아이들에 대한 사랑	크다
헌신	크다
질병에 대한 민감성	작다
숨고 싶은 욕망	크다
(유머러스함에 영향을 미침)	
자기애	보통
타인을 기쁘게 해 주려는 욕망	크다
조심성	크다
좋은 성격	매우 크다
존경심	보통
정의에 대한 감각	보통
지각의 신속함	크다
희망	크다
이상주의	매우 크다
경이로움	크다
말과 언어에 대한 감각	크다

위트	매우 크다
비교 능력	크다
인과관계	크다
위치감각	보통
형태에 대한 감각	보통
색상 감각	작다
수리력	작다
음악성	매우 크다

멘탈 포토그래피

좋아하는 색	파랑
꽃	모스 로즈
나무	너도밤나무
자연	바다
하루 중 좋아하는 시간	황혼
향	신선한 공기
보석	다이아몬드
쉴 때 읽는 책	대화 사전 (conversational lexicon)

내가 살고 싶은 계절	초가을
가장 살고 싶은 곳	로마
기쁨	독서
직업	삶에 대해 꿈꾸는 것
사람에게서 선호하는 특성	선함
사람에게서 경멸하는 특성	거짓말
지금의 내가 아니라면,	안데르센
가장 되고 싶은 사람	
행복에 대한 생각	만족
불행	맹목
내가 가장 두려워하는 것	나 자신
나의 가장 두드러진 성격	성급함
내 삶의 목적	행복한 것
내 모토	슬픔에 한순간이라도
	자리를 내주지 마라
	그렇지 않다면 그것이
	평생 너와 함께할 것이다

11

월

22

일

에세이

목도리와 털장갑 사러 가요 겨울 양말도 사요

마음에도 시계가 있는 것 같다. 이 선물을 사고 보면 매년 요맘때다. 소설小雪이 며칠 남았거나 소설에서 며칠 지나 있다. 가을이 시작되면 온라인 스토어에서 보기 시작하고 한 달쯤 지나 오프라인으로 사러 간다. 누구 것인지 정하지 않고 본다. 보다가 누군가의 것이 된다. 목도리와 장갑을 사는 날에는 양말을 사지 않는다. 또 양말 사는 날은 목도리와 장갑을 사지 않는다. 왜 그러는지는 나도 모른다.

'소설'이라는 단어는 참 예쁘다. '적은' '작은' 들어가서 안 예쁜 단어는 없다. '작은'과 '눈'이 나란하니 고요한 반짝임이다. 그해의 첫눈은 대개 소설 며칠 전에 내리기도 하고 소설이 며칠 지나 내리기도 한다. 내가 목도리와 장갑과 겨울 양말을 사는 리듬과 같다. 첫눈은 잘 모르게 온다. 평평 오지 않고 살짝 온다. 그래서 잘 못 보는 것이 첫눈이다. 모두 잠든 새벽에 왔다고도 하고 고개를 숙이고 책을 읽던 순간에 왔다고도 한다.

다시 목도리 이야기로 돌아오면 머플러보다는 목도리다. 가죽장갑 아니고 털장갑이다. 새로 출시된 그해의 목도리와 장갑을 많이 본다. 목도리와 장갑은 언제나 노르딕풍이 있고 크리스마스 느낌이 물씬 나는 초록과 빨강 레이어도 있다. 어떤 때는 목도리와 장갑 세트로 사고 줄이 달린 엄지 장갑과 목도리를 따로 고르기도 한다. 목도리만 사기도 하고 장갑만 사기도 한다. 목도리는 여러 모양으로 둘러본다. 느슨하게 한 번 촘촘하게 두 번 둘러보고, 비스듬하게 매보기도 하고 한 색상이 더 많이 보이게 매보기도 한다. 장갑은 껴보지 않는다. 장갑 위에 손을 올려놓고 가늠해본다. 촉감이 겨울 숲으로 데려간다. 장작불이 타는 벽난로 앞에 앉는 사람이 된다.

겨울 양말은 너무 두꺼운 것을 고르지는 않는다. 보온성이 있지만 닫는 감각이 생생한 감촉으로, 발이 알싸하게 시

려도 눈이 펑펑 오는 공원에 가보고 싶은 디자인의 양말을 고른다. 다른 계절에도 양말 사기를 좋아해서 양말 선물을 많이 한다. 선물 센스가 둘째가라면 서러운 m은 '카톡 선물하기'로 세 켤레 양말을 보내줬다. 호피 무늬, 검정에 금박 줄, 흰색의 테니스풍 양말이었는데 길이가 꽤 길었다. 그즈음의 내 속은 의기소침으로 괴로움이었는데, 그 양말을 신으면 '그래 뭐. 동그란 공처럼 움츠러든 날들이지만 스웩을 잃어버릴 수는 없지' 하는 마음이 생겼다. 나도 m에게 양말을 선물한 적이 있다. 깔끔하고 미니멀한 디자인으로, 과감한 패션 센스를 가진 m에게는 어울리지 않는 양말일 수도 있었다. 그런데 나는 그때 그 양말을 주고 싶었다. 한참 지난 후에 m이 병원에 입원하는 시간이 있었는데, 짐을 싸면서 그 양말들을 넣었다고 사진을 보내줬다. 양말은 내가 보낼 때의 모습 그대로였다.

목도리와 털장갑을 사러 가는 날. 그의 한겨울 목이, 그의 한겨울 손이 되어보는 것이다. 양말을 사러 742번 버스를 타는 날은 그의 한겨울 발이 되어보는 것이다. 그의 목이 되어 그의 발이 되어 그의 손이 되어 한겨울 거리를 미리 걸

어보는 것이다. 그러다가 찬바람이 불기 시작하면 그의 목
에 밤색과 하늘색 스트라이프 목도리를 감아주는 것이다.
그의 손에 스마트폰 터치 기능이 있는 곰이 그려진 귀여운
털장갑을 끼워주는 것이다. 겨울이 시작되었다고 웅크리고
있지 말라고, 얼굴에 찬바람이 쌩쌩 부딪쳐와도 일단 문을
열고 나가자고 발목 한참 위로 올라오는 카키색 양말을 신
겨주는 것이다.

　목도리와 털장갑이 든 쇼핑백을 들고 또는 가지런한 양
말 박스를 들고 걷는 시간이 좋다. 노란 은행잎이 된 기분이
랄까. 이런 날 이르게 틀어놓은 크리스마스캐럴까지 들리
면 정말 두둥실 구름이 된다. 나는 의도적으로 한낮에 나서
서 불빛이 켜지는 저물녘에 집으로 돌아온다. 11월은 따뜻
한 것을 살 수 있는 달이다. 따뜻한 것을 사면 나한테 따뜻
함이 생긴다. 나무들은 제 잎을 떨구고 하늘 아래는 차고.
이미 첫눈이 내렸을지도 모르는 시간. 적정하다는 표현은
이때 쓰는 것이 아닐까.

　소설이라는 이쁜 이름의 절기, '살그머니'를 품은 날. 아

마도 목도리와 털장갑, 겨울 양말 선물을 사는 것은 소설의 마음일 거다. 첫눈처럼 닿고 싶은. 마음의 알맹이로 전하고 싶은. 그러니까 알지 못하는 사이에 첫눈이 내렸다 해도 서운해 마. 내가 너에게 꼭 어울리는 목도리와 털장갑을 골라 놓았어. 그리고 지금은 후암동 양말가게에 막 도착했어. 올해는 나에게 선물할 양말 몇 켤레도 같이 골라볼게. 우리 올 겨울도 귀엽게 통과해보자.

11

월

23

일

시

돌 사과 파도 깎기

돌을 손에 쥔다
따뜻하다
손의 착란이다

돌이 운다
풀어지지 않는 흐느낌도 있다
돌은 울 때 가장 고요하다

돌을 깎으면 감자를 닮는다
알맹이가 없어질 때까지 깎을 수 있다

*

모자를 쓰고 산책을 나온다. 바람이 세서 모자를 쓸 수 없
다. 모자를 들고 돌을 쌓아 만든 울타리 안으로 들어간다.
크고 평평한 돌에 분홍 리본 핀 하나가 놓여 있다. 큰 돌 너
머는 작고 둥근 무덤이다. 무덤을 덮은 초록 풀들이 털모자
의 마음 같다. 그 옆에는 비바람에 닳은 간결한 비석

일요일 부음이 온다. 하루에 다섯 번 다니는 배를 타러 외
길로 달려나갔다. 모자를 어디에 두었을까. 파도 속에서 펄
럭이는 소리가 들려오는 것도 같다

*

표지판이 보인다고 해서
막막하지 않은 것은 아니다

마음이라는 추상이 구겨진 철판 같다

이 속에 방향이 써져 있어요
구겨진 곳을 펴야 합니다

한동안은 거기가 아플 거예요 몹시

*

사과는 허공의 무게로 만들어진다

11
월
24
일

편지

맑으면 슬퍼. 어려서부터 쭉 그래. 기억하는 한 슬픔이라는 것을 모르던 때부터 슬퍼. 애기 때 파란 하늘을 봤을 때 슬픔이라는 감정을 알았어. 슬픔이 무엇인지 몰랐는데 슬펐어. 크면서 슬픈 일이 있을 때는 슬프기보다 고통스러웠어. 속이 막 아팠어. 내게 슬픔이라는 감정은 맑으면 찾아오는 거야. 울음은 아픔이나 고통에 가까운데 다 울고 나면 맑게 슬퍼. 슬픔은 빈 유리병처럼 오래 가. 내 몸이 빈 유리병으로 말개지는 느낌이 들어. 이건 원래 갖고 있는 거여서 안 없어지겠구나 느껴. 그래서 슬픔을 없애려고 하기보다는 말개지고 있나를 더 살펴. 슬픔에서 회복을 느낀다고나 할까.

사람이어서 그런가, 사람은 이상하다는 생각을 자주 하

고, 그러면 말갛게 슬퍼져. 나만 그런 것도 아닌 것 같고 너만 그런 것도 아닌 것 같아. 이 지구에 유리병처럼 서 있는 우리를 보게 돼. 우리는 원래 투명함이었나. 지난주에는 빈소를 두 군데나 다녀왔어. 부고를 듣고 속이 아파서 딸꾹질하듯 가수면 상태에 있었는데. 맨 끝에 배우게 되는 것이 이별이란 말이에요, 들을 누가 존재하는 것처럼 나는 따지듯 항변했어. 빈소에 가서는 가시는 분이 차려준 거니까 꾹꾹 기쁜 마음으로 밥을 먹으려고 애썼어. 빈소를 나와 집으로 돌아오는 길은 이상하게 슬퍼. 말갛게 슬퍼. 무거운 것이 아니라 가벼워. 투명해. 그 사람은 이제 역할을 다 벗었구나.

사람이라고 불리는 우리는 어쩌다 역할극에 몰두하게 되었을까. 역할이 없으면 불안하고, 역할을 갖기 위해 온 시간을 쓰고. 어떤 역할에 이르는 것을 목표로 삼고 말이야. 유니폼 같은 건데, 역할은. 벗으면 바로 없어지는. 누가 우리에게 역할극이 삶이라고 지시한 거지? 역할에 놓이고 역할에 힘들어하고 지치고. 그러면서도 역할이 없다면 목표가 없고 지도가 없어지고 길도 잃고 나도 없어진다고 가르친

거지? 역할에 충실하는 법, 역할에 이르는 법, 우세한 역할
에 도달하는 법도 배웠어야 했지만, 그것만 너무 많이 배웠
어. 그래서 역할만 있는 곳이 삶이 되었어. 우리가 서로서
로 가르쳐줬어야 하는 것은 역할 없이도 만나는 법인데.

　태어나면 이름을 붙여주고, 난 그 이름이 되지. 심지어는
이름에 의미까지 얹어주면서 말이야. 이름은 부르기 위해
있는 건데. 모두를 같은 이름으로 부르면 모두가 돌아봐야
하니까. 애들아 부르면 애들이 다 뒤돌아보는 것처럼. 역할
을 벗어나는 게 이름인데. 이름에 의미를 얹어주면 의미만
남고 사람은 사라지는데. 자유는 이름 이전에 있는 것. 자
유는 맨 앞에 있는 것. 세상이라는 시스템이 있으니까, 역
할을 맡고 있는 우리니까, 역할을 다 잃어버리기는 어려워.
잊기는 어려워. 그러니까 오늘부터라도 자신에게 유니폼을
벗는 시간을 주기로 하자. 그냥 아무 역할도 안 맡은 나의
하루 한 시간. 한 시간 안 되면 삼십 분, 삼십 분도 안 되면
십 분.

　편지를 쓰다보니 나에게 하고 싶은 말이기도 했다. 나도

내 역할에 필요한 유니폼을 여러 벌 갖고 있지만 아직도 나답게 입는 법을 터득하지 못했거든. 계속 이 유니폼이 내게 맞는 걸까, 내가 원하는 걸까, 뒤척이면서, 낭패감에 시달려. 나를 보면 우리인 너희들이 알려주라. 그 자리에서는 그렇게 입어야 해 말고 너에겐 이런 스타일이 어울려, 라고 말이야.

11

월

25

일

시

스틸 라이프

새를 보내야 합니다

초가을부터 생각했고 지금은 초겨울입니다

올해의 첫눈이 왔다는데

나는 알지 못하는 첫눈이에요

그래서 기다리는 첫눈이에요

새를 보내겠다고 마음먹은 날에는

나뭇잎들이 깨끗해지고 있었지만

색들이 피처럼 번지지는 않았습니다

새를 보내야지

마음을 펼치고 또 펼치는 사이

나뭇잎들은 눈앞에서

색색으로 말라갑니다 사방이 그런 나무들인데

나무와 나무 사이를 긋고 가는

날개 달린 것들을 보지 못했어요

오늘은 꼭 새를 보내야지

어제도 그렇게 생각했습니다

그렇게 두 달이 지났습니다

새장이 없어서라고 생각한다면

아닙니다

새는 얌전하게 들어가 있는 걸요

그곳을 새장이라고 부르는지는 모르지만요

나는 이 새를 잘 알아요

부리와 가장자리가 진하거든요

새도 자신의 테두리를 아주 잘 알아요

그래서 날개를 가늠하지 않아요 깃털도 가늠하지 않아요

아 나는 새의 몸에 대해서는 말할 수 없어요

새를 보내야지

오늘도 생각합니다

지금도 생각합니다

지금은 날이 춥고 허공이 투명해요

잎을 모두 떨군 나무들도 하늘도 간결하긴 마찬가지예요

나는 중산간에 지어진 교회를 떠올려요

웅덩이에 제 형상을 원죄처럼 들여다보고 있는

전신이 유리로 되어 있는

교회에서 가까이 낮은 지붕의 호텔이 있습니다

교회에서 호텔로 가는 길은 기억나지 않고

빛을 넘치게 받아들이지 않던

어둑했던 호텔의 테이블이 나타나요 테이블 너머 창 너머

바람에 흔들리던 잎 없던 까만 나무들도요

오늘은 꼭 새를 보내야지

그러기 위해서 나는 어디로 가야 할까요

11
월
26
일

시

구불구불 엄마

내가 운전하는 차에 엄마가 탔다

조수석에 앉아 안전벨트를 하고도 문 위쪽 손잡이를 꽉
잡고 있다

엄마와 나는 엄마도 나도 모르는 언덕을 오르고 있었다

엄마를 중간 어디쯤 내려주었다

나도 엄마도 예상 못한 전개였지만

엄마가 내린 곳은

엄마가 좋아하는 들꽃이 있고

나무 벤치도 보였다

차분한 살구색 원피스를 입고 있었는데

차에서 내린 엄마는 주황색 큰 꽃처럼 보였다

언덕은 바람이 무릎을 접는 평화로운 곳이었다

내리기 전
저기 가서 맛있는 피자 먹으면 좋겠다
갑자기 보이지도 않는 가게가 보이는 것처럼
자주 먹지도 않는 피자를 말하면서
갑자기 입맛을 다시면서
셋이 우리 셋이

돌바닥으로 된 골목을 간신히
구불구불 빠져나오고 있던 때였는데

엄마 내리고
엄마가 차로부터 멀어지는데
엄마로부터 멀어지고 있는 것은 나였는데
엄마랑 같이 피자 안 먹은 게 떠올랐다 길을 돌고 돌아
내가 다시 엄마 찾아갔다 노란 호박꽃 옆에 엄마 잠들어
있다
깨워도 안 일어난다 호박꽃 옆 엄마 얼굴 편해 보인다
꽃과 풀 사이에서 깊이 잠들었다

노랑 엄마 초록 엄마 노랑 초록 엄마 엄마

동생에게 전화하는데 숫자가 안 눌러진다

엄마는 어디쯤 있는 걸까 걷고 있는 걸까

쉬고 있는 걸까 하염없이 나를 기다리고 있는 걸까

햇빛이 엄마 얼굴에 해바라기씨처럼

엄마 발목에 꿀벌처럼 와글와글 붙는다

우리 엄마는 코스모스를 좋아하는 사람인데

엄마 아직 같이 먹어야 할 끼니가 남았어

허공이 청진기처럼 듣고 있는 말

허공이 태동처럼 품어주는 말

엄마 거기 있어 내가 지금 갈게

11
월
27
일

일기

우주 수영 배우기

삶은 반복이고. 목적이 있어 반복한다고 믿고 있지만, 한밤중이나 새벽 내가 한 점이 되는 순간이면, 반복은 목적과 무관하다. 다만 반복이다.

아름다움은 초과에서 나타나는 것. 초과는 목적을 뚫고 나간 무엇이다. 그래서 아름다움에는 목적이 없다. 다만 무용無用이 있다.

삶과 아름다움 사이, 아름다움에서 삶까지. 조율은 아니다. 연결도 아니다. 그러나 거기 있는 것이 나인지도 모른다는 생각. 나는 착각인데도 말이다.

11

월

28

일

에세이

편지 쓰는 마음

어떤 인사를 건넬까, 하다보니 점점 작아졌어요. 풍경도 언어도 자꾸만 작아졌어요. 나는 자주 조그만 상자들과 함께 있어요. 작아서 거의 무엇을 넣을 수 없고 열어보면 '물끄러미 얼굴' 같은 상자들이에요. 고요해지지 않을 때, 천진해지지 않을 때, 글이 가까이 안 올 때 상자들에게 자주 물어봐요. 그러다보면 작아진 몸으로 작아진 단어를 들고 작은 말을 시작하려는 내가 있어요. 지금의 자세라고 한다면 이와 같아요.

떠올려보면 편지 쓰는 마음도 늘 그랬던 것 같아요. 아주 작아지지 않으면 쓰기 어려웠어요. 아니 써지지 않았어요. 작아진다는 것은 잊어버리고 잃어버리고, 그래서 편지 쓰고 싶은 마음만, 하양만 남는다는 것. 하양만 있으니 하양만 전해진다는 것, 아무 말도 쓰여 있지 않으니 아무 말도 전해지지 않는다는 것. 받는 사람에게도 아주 잠깐 하양이 보이는 것, 아니 그렇다고 믿는 것.

글쓰는 동작도 이와 닮았지요. 닿고 싶은 곳에 계속 가보면 자꾸자꾸 작아져요. 열매라는 것을 스스로 알게 된 사과의 1초도 되었다가 한밤중 사과도 되었다가 한입 베어문 애플 로고도 되었다가. 점점 나는 지워지고 처음 보는 사과가 나타나요.

아이들의 소꿉놀이를 본 적이 있어요. 그렇게 심각하고 그렇게 '쿨'한 세상이 없어요. 유치원 다닐 만한 아이 둘은 놀이터에서 가까운 나무 밑에 커다란 박스를 펴서 방을 만들었어요. 당연하게 신발을 벗어두고 그 안으로 들어갔어요. 한 아이는 작은 주전자를 들어 없는 물을 조심조심 따르고 한 아이는 작은 잔에 없는 물을 받아서 몇 번에 나눠 마셔요. 그 심각한 놀이는 한동안 계속되었어요. 그리고 불쑥 나타난 누군가가 이름을 부르자, 꿈에서 깬 듯한 표정으로 조금 전까지의 풍경에서 가볍게 벗어났어요. 그러니까요.

내일 또 놀면 되니까요.

쓸 때는 그토록 심각하게, 쓰고 나서는 공들여 만든 풍경에서 가볍게 벗어나는 것, 이 장면을 자주 떠올려요. 그 모습에 가까워지려고 해요. 그럴 때 나는 내가 마음에 들어요. 심각과 유희의 시소를 잃어버리면 하고 싶은 것이 아니라 해야 하는 것으로 바뀌기 때문이에요. 물론 실패하고 싶지 않지요. 그런데 정말 사랑하면 실패나 성공 이전에 놀이가 되지요. 피카소가 알려준 것은 놀이가 되면 무너뜨릴 수 있고, 무너뜨린 것으로 새롭고 멋진 것을 지을 수 있다는 것이지요.

편지 쓰는 마음이 되지 않는다면 써질 편지는 없고, 편지 쓰는 마음이 되려면 발 없는 마음이 발을 달고 여러 곳에 가보게 되지요. 너와 나, 그러니까 우리는 작은 무생물을 책상으로 데려오기도 했으면, 바라보아요. 큰 것 속에 작은 것이 있는 것은 '당연'이고 작은 것 속에 큰 것이 있는 것은 '발견'이지요. 연필 속에 글이 들어 있듯이, 세상에는 숨겨진 것이 많고, 기록하고 싶은 너도 나도 우리도 많아요.

골목에서 방에서 생각에서 반짝, 하는 순간을 만나요. 작아지면 쓸 수 있어요. 반짝 만나면, 반짝 환해져요. 솟아오르는 무엇 하나. 모든 것과 다른 하나. 시적인 그 순간이 하루를 일으켜세워줄 거예요. 나도 그럴 거예요. 나는 이미 가보고 싶은 곳이 있어요.

　이제 편지 쓰는 마음을 멈춰요. 눈부신 하양만 가득해요.

11
월
29
일

시

성냥이 불을 일으키면

숫자 초 1을 사서 첫번째 서랍에 넣어두었죠

서랍은 내 방에 있고
내 방의 서랍에는 엽서들이 담긴 종이 상자가 있어요
받은 엽서 부치지 않은 엽서가 함께 모여 있어요

곧 돌아가리라 생각하고 책상을 정리하지 않았는데요

서랍 속은 단정하게 되어 있는데요
보이지 않는 곳이 뒤엉켜 있으면 불안해요
보이지 않은 곳을 간추리는 습관이 있어요

식도를 따라 물이 내려가고 있어요

비행기가 뜨지 않으면 허공이 막혀 있다는 뜻이 돼요

삐걱거리는 소리가 들려와요

문소리와 바람 소리를 구분하는 귀를 가진 적이 있다고

여전히 착각해요

소리가 예상보다 오래 계속되고 있는

거기를 길이라고 불러봐요

아직 쓰고 있는 엽서에는 항구의 하늘색 같은 것은 담지

못했죠

가파른 마을의 맨 꼭대기에 있는 성당은 말하지 못했죠

입안에서 씹히던 박하 잎의 펄떡거림은 넣지 못했죠

내가 알아요 내가 좋아하는 그림이 그려진 엽서예요

방을 열고 서랍을 열고 종이 상자를 열면

나는 신발을 선물한 적이 많아요 멀리까지 가라는 것은

아니었는데요

나는 색색의 양말을 선물한 적이 많아요 새 양말 신고 만

나자 엽서에 적었죠

나는 꽃을 선물받은 적이 많아요 타들어가는 불꽃을

내내 보는 심정이었달까요 두 손을 모두 사용해 시든 꽃

을 망가뜨렸어요

나는 케이크를 산 적이 많아요 별별 케이크를 다 샀어요

종이 상자를 열면 서랍을 열면 방을 여는 것처럼

자꾸자꾸 번지는 메아리를

숫자 초 1이 꽂히는 장미 한 송이 모양의 케이크를

상상하면

성냥이 메아리에 불을 일으키면 열렬하게 귀가 빨개지면

구름이 덜컥 문을 열고 들어와요

내일은 엽서를 다 쓸 수 있다고 해요

마음을 햇빛에 내 말릴 수 있다고 해요

11
월
30
일

에세이

같이 가요

삶에는 언제나 응원가가 필요하다.

응원은 무조건 믿는 거다. 네가 기뻤으면, 네가 씩씩하게 헤쳐나갔으면, 네가 원하는 곳에 이르렀으면 하는 나의 열망이다. 응원은 표현되어야 한다. 응원은 뜨거워야 한다. 응원은 당사자보다 더 열렬해지는 신기한 역전이다. 너에 대한 분별은 줄어들고 잘했으면, 잘 있었으면 하는 마음만 커진다.

응원이 응원으로 전달되느냐 안 되느냐는 얼마나 열렬하냐에 달려 있다. 물론 응원은 이기라고, 목적한 바에 도달하라는 온도가 들어 있는 것이다. 그러나 이것이 첫번째는 아니다. 네가 주저앉고 싶을 때도 식지 않는 나의 심장이 핵심

이다. 그래서 응원을 받는다고 느끼면 갑자기 없던 힘이 솟
아난다. 보이지 않는 마음을 느꼈을 뿐인데, 무조건 힘내보
고 싶어진다. 응원을 받으면 내가 있는 지금 여기가 목적지
가 되는 이상한 경험을 한다. 응원을 받았다는 이유만으로
다음 페이지가 열린다.

기도서는 열렬한 응원가다.
그 앞에서 머리가 숙여지지 않을 수가 없다.

기도서를 보라. 어찌 그런 전적인 신뢰를 보내며, 어찌 그
런 숭고한 믿음을 보내주고 있는가. 기도서를 읽으면 마음
이 가라앉는 것은 전적으로 믿는다는, 너는 이 세상에 존재
하려고 왔다는, 존재 자체가 진리라는, 항상 함께 있다는 응
원자의 시선과 음성과 마주하게 되기 때문이다.

노래는 열렬한 응원가다.
노래를 들으면 다시 달리고 싶다.

나는 어느 시기에나 노래에서 많은 응원을 받았다. "우리

는 달려야 해"(크라잉넛, 〈말달리자〉)라고 하면 힘이 솟아 시를 막 썼다. 이런 게 시가 될까라는 두려움이 단번에 사라졌다. 내가 좋아하는 노래는 모두 응원가였다. 더 계속 가자고, 멈추지 말자고, 너는 혼자가 아니라고 말해주는 응원가였다. 같은 선상에서, 최근의 나는 세븐틴의 노래를 좋아한다. 아이돌이어서 멋짐, 이른바 '간지'도 장착해야 하는데 이 열세 명이나 되는 그룹의 노래에는 무엇보다 끝까지 가는 응원이 있다. 보이지 않을 때까지 손 흔들어주는, 거기서 멈추지 않고 모두 사라진 후에도 다시 돌아와 손 흔드는, 그런 열렬함이다. 그런 멈추지 않음이다.

우리 함께라면
다 알지 못해도 다 알 수 있어요
내 뜻대로 안 되는 하루하루가
안개처럼 흐릿하지만
수많은 길이 내 앞에 있어
세상이 반대로 돌아가더라도
우린 절대 길을 잃지 않고
똑바로 걸어갈 거예요

같이 가요*

　세상이 반대로 돌아가고 있다면, 세상의 관점에서 보면 이미 길 잃은 것이다. 거대한 세상의 관점에서 보면 얼른 세상의 문법에 따라가야 한다. 그런데, 절대 길 잃지 않고 똑바로 걸어갈 거라고 한다. 세상과는 반대 방향으로 걸어가겠다는 뜻이다. 선언이다. 바라는 것이 있고 그것이 가치 있다고 느끼는 것은 세상의 문법과는 다른 것일 수 있다고, 그걸 믿는다면 똑바로 걸어갈 수 있다고. 아모스 오즈의 '티스푼 연대'처럼, 티스푼 하나하나에 담을 수 있는 물은 아주 적은 것이지만 그 물들이 모이면 그래야 마땅한 세상이 된다고, 거기를 진정한 길이라고 부를 수 있다고. 노래 밖에 있는 존재들을 향한 열렬한 응원이다. 먼저 내미는 손이다.

　그러니까, 우리

　세상이 반대로

---

*세븐틴, 〈같이 가요〉.

돌아가더라도
절대 길 잃지 않고
똑바로 걸어갈 거예요

같이 가요.

물끄러미

ⓒ 이원 2024

초판 1쇄 발행 2024년 11월 1일
초판 2쇄 발행 2024년 12월 5일

지은이 이원
펴낸이 김민정
책임편집 김동휘 **편집** 유성원 권현승
표지디자인 김마리 **본문디자인** 최미영
저작권 박지영 형소진 최은진 오서영
마케팅 정민호 박치우 한민아 이민경 박진희 황승현
브랜딩 함유지 함근아 박민재 김희숙 이송이 박다솔 조다현 배진성
제작 강신은 김동욱 이순호
제작처 영신사

펴낸곳 (주)난다
출판등록 2016년 8월 25일 제406-2016-000108호
주소 10881 경기도 파주시 회동길 210
전자우편 nandatoogo@gmail.com **페이스북** @nandaisart **인스타그램** @nandaisart
문의전화 031-955-8875(편집) 031-955-2689(마케팅) 031-955-8855(팩스)

ISBN 979-11-94171-20-1 03810